KB080771

시티
픽션

도쿄

옮긴이 **신현선**
다자이 오사무 문학 연구로 전북대학교에서 박사학위를 받았으며, 현재 같은 학교에서 강의하고 있다. 동아시아 역사와 사회의 쟁점이 되고 있는 문제에 초점을 맞추어 일본 문학과 문화를 연구하는 한편, 다양한 번역활동을 이어가고 있다. 지은 책으로 『고전 명저 읽기』 『역사 화해의 이정표 3: 역사적 콘텍스트와 근대성을 중심으로』(이상 공저), 옮긴 책으로 『사양』 『인간 실격』 등이 있다.

시티 픽션: 도쿄

초판 1쇄 발행/2023년 10월 16일

지은이/다자이 오사무
옮긴이/신현선
펴낸이/염종선
책임편집/한예진 양재화
조판/신혜원
펴낸곳/(주)창비
등록/1986년 8월 5일 제85호
주소/10881 경기도 파주시 회동길 184
전화/031-955-3333
팩시밀리/영업 031-955-3399 편집 031-955-3400
홈페이지/www.changbi.com
전자우편/lit@changbi.com

한국어판 ⓒ (주)창비 2023
ISBN 978-89-364-3935-4 04830
ISBN 978-89-364-3932-3 04800 (세트)

시티
픽션
———
도쿄

다자이 오사무

신현선 옮김

창비

다자이 오사무

일러두기

1. 여기 실린 단편들은 창비세계문학 44 『사양』(2015)에서 가져왔다.
   외국어의 표기는 국립국어원 용례를 따랐다.
2. 본문 중의 각주는 옮긴이의 것이다.

다자이 오사무 太宰治

여학생 女生徒

아침, 눈을 뜰 때의 기분은 재미있다. 숨바꼭질할 때 새까만 벽장 속에 가만히 웅크리고 숨어 있는데 갑자기 술래가 문을 드르륵 열어 햇빛이 눈부시게 쏟아지고 술래가 큰 목소리로 "찾았다!" 하는 순간의 눈부심, 그리고 묘한 어색함, 가슴이 두근거려서 옷 앞자락을 여미면서 조금 멋쩍게 벽장에서 나오는데 갑자기 울컥 화가 치미는 그런 느낌. 아니, 달라, 그런 느낌도 아니야. 왠지 더는 참을 수가 없는 느낌이다. 상자를 열면, 그 안에 또 작은 상자가 있고, 그 작은 상자를 열면 또 그 안에 작은 상자가 있어서 그걸 열면 또, 또 작은 상자가 있고, 그 작은 상자를 열면 또 상자가 있고, 그리고 일곱 개, 여덟개를 열면 결국 마지막에는 주사위만 한

작은 상자가 나오는데 그걸 살짝 열어보면 아무것
도 없는 텅 빈 그런 느낌에 좀더 가깝다. 눈이 번쩍
떠진다는 건 거짓말이다. 아주 탁했다가 어느 순간
점차 녹말이 아래로 가라앉아 조금씩 맑은 윗물이
생기고 나서야 지쳐서 겨우 눈이 떠진다. 아침은
왠지 허무하리만큼 따분하다. 슬픈 일들이 가슴 가
득 차올라 견딜 수가 없다. 정말 짜증난다. 아침의
나는 가장 추하다. 두 다리가 흐느적흐느적 녹초가
되어 더이상 아무것도 하고 싶지 않다. 숙면을 못
한 탓일까. 아침에 건강하다는 말, 그건 거짓말이
다. 아침은 잿빛. 언제나 똑같다. 가장 허무하다. 아
침 잠자리 속에서 나는 늘 염세적이다. 우울하다.
갖가지 추악한 후회만 한꺼번에 우르르 몰려와 가
슴을 막아버려서 몸부림치게 된다.

아침은 심술쟁이.

"아빠" 하고 작은 소리로 불러본다. 이상하게
쑥스럽고 기쁘다. 일어나서 재빨리 이불을 갠다.
이불을 들어올릴 때 으쌰 하는 기합소리를 내서 깜
짝 놀랐다. 나는 지금까지 내가 으쌰 같은 천박한

소리를 내는 여자라는 생각을 해보지 않았다. 으쌰 라니, 할머니가 내는 소리 같아서 기분 나쁘다. 왜 그런 소리를 낸 걸까. 내 몸 안의 어딘가에 할머니가 하나 있는 것 같아서 불쾌하다. 앞으로는 조심해야지. 다른 사람의 품위 없는 걸음걸이를 흉보다가 문득 자신도 그렇게 걷고 있는 걸 알았을 때처럼 몹시 기가 죽었다.

아침엔 항상 자신이 없다. 잠옷 차림으로 경대 앞에 앉는다. 안경을 안 쓰고 거울을 들여다보면 얼굴이 약간 흐릿해 차분해 보인다. 내 얼굴에서 안경이 제일 싫지만 다른 사람은 모르는 안경의 장점도 있다. 난 안경을 벗고 먼 데 바라보는 걸 좋아한다. 모든 것이 희미해 꿈처럼, 또 작은 구멍으로 들여다본 그림처럼 멋지다. 더러운 건 전혀 보이지 않는다. 큰 것만이, 선명하고 강렬한 색과 빛만이 눈에 들어온다. 안경을 벗고 남을 보는 것도 좋아한다. 상대의 얼굴이 모두 상냥하고 예쁘게 웃는 것처럼 보인다. 게다가 안경을 벗고 있을 땐 절대 남과 싸우고 싶은 생각도 안 들고 남의 험담도 하고 싶지 않다. 그저 잠자코 멍하니 있을 뿐이다. 그리고 그런 때의 내가 다른 사람에게 좋은 사람으로 보일 거라고 생각하면, 더욱 멍하니 마음을 놓은 채 어리광을 부리고 싶고 기분도 한결 누그러진다.

그렇긴 해도, 역시 안경은 싫다. 안경을 쓰면 얼굴이라는 느낌이 사라져버린다. 안경은 얼굴에서 생겨나는 갖가지 정서, 로맨틱함, 아름다움, 격렬함, 나약함, 천진난만함, 애수, 그런 것들을 전부 가로막아버린다. 게다가 눈으로 이야기를 나누는 것이 이상할 정도로 불가능하다.

안경은 도깨비.

나 자신이 늘 안경이 싫다고 생각하기 때문인지, 눈이 아름다운 게 제일이라는 생각이 든다. 코가 없더라도, 입이 가려져 있더라도, 눈을 보고 있노라면 스스로가 더욱 아름답게 살아야겠다고 마음먹게 되는 그런 눈이라면 좋겠다. 그런데 내 눈은 그저 부리부리하게 크기만 하지 매력이라곤 하나도 없다. 가만히 내 눈을 보고 있으면 실망스럽다. 엄마조차 시시하게 생긴 눈이라고 한다. 이런 눈을 빛이 나지 않는 눈이라고 하겠지. 그냥 숯덩이인가 싶어 실망스럽다. 이럴 수가 있을까. 너무 심했다. 거울을 볼 때마다 촉촉하고 예쁜 눈이면 좋겠다는 생각을 간절히 한다. 파란 호수 같은 눈, 푸른 초원에 누워 드넓은 하늘을 보고 있는 듯한 눈, 때때로 흘러가는 구름이 눈에 어린다. 새 그림자까지 뚜렷이 비친다. 아름다운 눈을 가진 사람을 많이 만나보고 싶다.

오늘 아침부터 5월, 그렇게 생각하니 어쩐지 조금 들뜬다. 역시 기쁘다. 이제 여름이 가까워진 것 같다. 마당에 나가 보니 딸기 꽃이 눈에 들어온다. 아빠가 돌아가셨다는 사실이 이상하게 여겨진다. 죽어서 없어진다는 건 이해하기 힘든 일이다. 납득이 가지 않는다. 언니, 헤어진 사람, 오랫동안 못 만난 사람들이 그립다. 아무래도 아침에는 지나간 일들, 옛날에 함께했던 사람들이 몹시 가깝게, 단무지 냄새처럼 시시하게 여겨져 견딜 수가 없다.

자피와 가아(불쌍한 개라서 가아'라고 부른다) 두 마리 다 데리고 나가서 뛰다가 왔다. 두 마리를 앞에 나란히 놓고 자피만 잔뜩 귀여워해주었다. 자피의 새하얀 털은 빛이 나고 아름답다. 가아는 지저분하다. 자피를 귀여워해주고 있으면 가아가 옆에서 울상을 짓는다는 걸 잘 안다. 가아가 불구라는 것도 안다. 가아는 슬퍼서 싫다. 아주 불쌍해서 견딜 수가 없어 일부러 짓궂게 대하는 거다. 가아는 떠돌이 개처럼 보이니까 언제 개백정에게 잡혀 죽을지 모른다. 가아는 다리가 이래서 도망가는 것도 느리겠지. 가아, 어서 산속에라도 가려무나. 넌 누구에게도 사랑받지 못하니 빨리 죽는 게 나아. 나는 가아뿐만 아니라 사람에게도 못된 짓을 하는 아이다. 남을 곤혹스럽게 하고 자극하는, 정말 못된 아이다. 툇마루에 앉아 자피의 머리를 쓰다듬어주면서 눈에 스며드는 신록을 보고 있자니 한심해서 땅바닥에 주저앉고 싶어졌다.

울고 싶어졌다. 숨을 꾹 참고 눈을 충혈시키면 눈물이 조금이라도 나올지 모르겠다 싶었지만, 안

Ⅰ '불쌍한'을 뜻하는 '가와이소나(かわいそうな)'에서 비롯한 말.

나왔다. 이제 눈물 없는 여자가 되었는지도 모른다.

단념하고 방 청소를 시작한다. 청소를 하다가 갑자기 「도진 오키치」[2]를 부른다. 흠칫 주변을 살폈다. 평상시 모차르트나 바흐에 빠져 있던 내가 무의식적으로 「도진 오키치」를 부른다는 사실이 재미있다. 이불을 들어올릴 때 으샤 소리를 내고, 청소하면서 「도진 오키치」를 부르는 걸 보니 나도 이제 글렀구나 싶다. 상태가 이러하니 잠꼬대로는 얼마나 천박한 말을 할지 불안해서 견딜 수가 없다. 하지만 왠지 우스워 비질하던 손을 멈추고는 혼자 웃는다.

어제 바느질을 끝낸 새 속옷을 입는다. 가슴 부분에 작고 하얀 장미꽃 자수를 놓았다. 겉옷을 입으면 이 자수가 안 보이게 된다. 아무도 모른다. 만족스럽다.

엄마는 누군가의 혼담 때문에 정신없이 분주하여 아침 일찍부터 외출하셨다. 내가 어렸을 때부

---

2 막부 말기에 태어나 메이지 시대를 보낸 게이샤 도진 오키치(唐人お吉, 1841~90)의 애달픈 삶을 그린 노래.

터 엄마는 남을 위해 정성을 다하는 모습을 보여오신 터라 익숙하긴 하지만, 정말 놀라울 정도로 쉴 새 없이 움직이신다. 정말 감탄스럽다. 아빠가 너무 공부만 하셔서 엄마가 아빠 몫까지 해온 거다. 아빠는 사교 같은 것과는 거리가 멀었지만, 엄마는 정말 기분 좋은 사람들의 모임을 만들곤 한다. 성격은 달랐지만 두분은 서로를 존경했던 것 같다. 어디 하나 추한 구석이 없는 아름답고 평온한 부부라고나 할까. 아아, 내가 너무 건방진 소릴 했나.

된장국이 데워질 때까지 부엌 입구에 앉아 눈앞에 있는 잡목림을 멍하니 바라보았다. 그랬더니 옛날에도, 그리고 앞으로도 이렇게 부엌 입구에 앉아 이런 자세로, 게다가 완전히 똑같은 생각을 하면서 눈앞의 잡목림을 바라보고 있었고, 또 바라볼 것 같다는 생각에 과거, 현재, 미래, 그것들이 한 순간에 느껴지는 듯한 이상한 기분이 들었다. 이런 일은 가끔 있다. 방에 앉아 누군가와 이야기를 한다. 시선이 테이블 구석에 가서 딱 멈추어 움직이지 않는다. 입만 움직인다. 이런 때에는 이상한 착각이 든다. 언제였던가, 이와 똑같은 상태에서 똑같은 얘기를 하다가 역시 테이블 구석을 보고 있었다. 또 앞으로도 지금의 일이 똑같이 그대로 내게 찾아오리라고 믿고 싶은 기분이 드는 것이다. 아무리 먼 곳에 있는 시골 들길을 걷더라도 틀림없이 이 길은 언젠가 와본 길이라는 생각이 든다. 걸으면서 길가의 콩잎을 휙 잡아뜯어도 역시 이 길 이 부근에서 이 잎을 잡아뜯은 적이 있는 것 같다. 그리하여 또 앞으로도 몇번이고 계속 이 길을 걸으며 이 지점에서 콩잎을 뜯을 거라고 믿어버린다. 또 이런 적도 있다. 언젠가 목욕을 하다가 문득 손을 살펴보았다. 그랬더니 앞으로 몇년 후 탕 안에 들어갈 때 지금 무심코 손을 본 일을, 그리고 손을 보면서 문득 느꼈던 것을 반드시 기억해내리라는 생각이 들었다. 그런 생각을 하니 어쩐지 우울한 기분이 들었다. 또 어느날 저녁, 밥을 밥통에 옮겨담고 있을 때, 인스퍼레이션inspiration이라고 하면 과장이겠지만 뭔가 몸속으로 휙 하고 지나가는 걸 느꼈는데, 뭐랄까, 철학의 꽁무니라고 말하고 싶은 그런 것이 지나가고 나서는 머리 가슴 할 것 없이 죄다 구석구석까지 투명해져 어쩐지 살아가는 게 푹신하니 안정되는 것 같았다. 그리하여 잠자코 아무 소리도 안 내고, 우무가 쉬익 하고 밀려나올 때 같은 유연성으로 이대로 파도에 몸을 맡긴 채 아름답고 가볍게 살아갈 수 있을 것 같았다. 이때 철학 운운할 것은 없으리라. 도둑고양이처럼 아무 소리도 안 내면서 산다는 예감 같은 건 제대로 된 게 아니어서 오히려 두려웠다. 그런 기분이 오랫동안 지속되다가는 신들린 사람처럼 돼버리는 게 아닐까. 그리스도. 하지만 여자 그리스도 따윈 싫다.

결국 내가 한가하고 생활이 고생스럽지 않으니, 매일 몇백번 몇천번 보고 들으면서 생긴 감수성을 감당하지 못해 멍하니 있는 사이에, 그것들이 도깨비 같은 얼굴로 여기저기서 떠오르는 게 아닐는지.

식당에서 혼자 밥을 먹는다. 올해 처음으로 오이를 먹는다. 오이의 푸름으로부터 여름이 온다. 5월 오이의 청량함에는 가슴이 텅 빈 것 같은, 쓰라리고 간지러운 듯한 슬픔이 있다. 혼자 식당에서 밥을 먹고 있으려니 몹시도 여행이 하고 싶어진다. 기차를 타고 싶다. 신문을 읽는다. 고노에[3] 씨의 사진이 실려 있다. 고노에 씨는 괜찮은 남자일까. 난 이런 얼굴을 좋아하지 않는다. 이마가 영 거슬린다. 신문은 책 광고문이 제일 재미있다. 글자 한자 한줄에 백엔 이백엔의 광고료를 내야 하니 모두 열심이다. 한자 한구, 최대의 효과를 거두려고 끙끙 신음하며 짜낸 듯한 명문이다. 이렇게 돈이 드는 문장은 세상에 많진 않을 거다. 왠지 기분이 좋다. 통쾌하다.

밥을 다 먹고 문단속을 한 뒤 학교에 간다. 괜찮겠지. 비가 안 올 것 같긴 하지만 그래도 어제 엄마가 준 멋진 우산을 어떻게든 쓰고 싶어서 그걸 가지고 간다. 이 우산은 엄마가 예전 처녀 시절에 쓰던 것이다. 나는 재미있는 우산을 찾아서 조금

---

3 고노에 후미마로(近衛文麿, 1891~1945). 일본의 정치가로 중일 전쟁 시기에 총리를 지냈다. 제2차 세계대전 패전 후 A급 전범으로 지정되자 음독자살했다.

의기양양하다. 이런 우산을 들고 파리 변두리를 걷고 싶다. 지금 이 전쟁이 끝날 즈음이면 분명 꿈을 간직한 듯한 이런 고풍스러운 우산이 유행하겠지. 이 우산에는 분명 보닛풍 모자가 잘 어울릴 거다. 긴 분홍빛 소매에 깃이 크게 젖혀지는 기모노를 입고, 검은 비단 레이스로 짠 긴 장갑을 끼며, 차양 넓은 커다란 모자에는 아름다운 보라색 제비꽃을 단다. 그리고 녹음이 짙을 무렵 파리의 한 레스토랑에 점심을 먹으러 간다. 울적한 듯 가볍게 턱을 괴고 거리를 지나다니는 사람들의 물결을 보고 있는데 누군가 내 어깨를 톡톡 두드린다. 갑자기 음악이 흐른다. 장미 왈츠. 아아, 진짜 웃기는구나. 현실은 이런 오래되고 빛바랜 기이한 모양의, 가늘고 긴 손잡이가 달린 우산 한자루. 나 자신이 비참하고 너무나 불쌍하다. 성냥팔이 소녀님, 어디 풀이라도 뽑고 가시죠.

나가려다 우리 집 앞에 난 풀을 조금 뽑아서 엄마한테 근로봉사. 오늘은 뭔가 좋은 일이 있을지도 모른다. 같은 풀이라도 어째서 이렇게 잡아뜯고 싶은 풀과 가만히 남겨두고 싶은 풀 등 여러가지가 있는 걸까? 귀여운 풀과 그렇지 않은 풀, 모양은 조금도 다르지 않은데 안쓰러운 풀과 밉살스러운 풀로 어떻게 이렇게 딱 나뉠 수가 있지? 이유는 없다. 여자의 좋고 싫음은 너무나도 엉터리인 것 같다. 십분간의 근로봉사를 마치고 정류장으로 서둘러 간다. 밭길을 지나다보니 자꾸만 그림이 그리고 싶어진다. 도중에 신사에 있는 숲속 오솔길을 지난다. 여긴 나 혼자 찾아낸 지름길이다. 숲속 오솔길을 걸으면서 문득 밑을 보니 보리가 두치 정도 여기저기 무리지어 자라고 있다. 그 파릇파릇한 보리를 보고 있노라니, 아아, 올해도 군인들이 왔다는 사실을 알 수 있다. 작년에도 많은 군인과 말이 와서 이 신사 숲속에서 쉬었다 갔다. 얼마 후 그곳을 지나가면서 보니, 보리가 오늘처럼 쑥쑥 자라 있었다. 하지만 그 보리는 더이상 자라지 않았다. 올해도 군인들의 말구유에서 흘러나와 비실비실 자란 이 보리는 숲이 이렇게 어둡고 햇볕이 전혀 들지 않으니 불쌍하게도 더이상 자라지 못하고 죽어버리겠지.

신사의 숲속 오솔길을 빠져나와 역 근처에서 노동자 네댓명과 일행이 된다. 그 노동자들은 언제나처럼 차마 입에 담기 힘든 속된 말을 내게 내뱉는다. 나는 어떻게 하면 좋을지 망설였다. 그 노동자들을 앞질러 쭉 앞으로 가면 좋겠지만 그러기 위해선 노동자들 사이를 뚫고 지나가야 한다. 두렵다. 그렇다고 말없이 서서 노동자들을 먼저 보낸 뒤 한참 거리가 생길 때까지 기다리는 건 더 많은 담력이 필요하다. 그건 실례가 되는 일이라 노동자들이 화를 낼지도 모른다. 몸이 화끈화끈해지고 눈물이 날 것 같았다. 나는 눈물 날 것 같은 내 모습이 부끄러워서 그들을 향해 웃어주었다. 그리고 천천히 그들 뒤를 따라 걸어갔다. 그때는 그걸로 끝이었지만 그 분함은 전차를 타고 나서도 쉽게 가시지 않았다. 이런 별것 아닌 일에 태연할 수 있도록 얼른 강해지고 담담해졌으면 좋겠다.

전차 문 바로 가까이에 빈자리가 있어서 거기에 가만히 내 소지품을 놓고 스커트 주름을 바로잡으며 앉으려는데 안경 쓴 한 남자가 내 소지품을 싹 치우고는 얼른 그 자리에 앉아버렸다.

"저기요, 거긴 제가 발견한 자리거든요"라고 하니까 남자는 쓴웃음을 짓고는 태연히 신문을 읽기 시작했다. 잘 생각해보면 어느 쪽이 뻔뻔한 건지 모르겠다. 내가 더 뻔뻔한지도 모른다. 하는 수 없이 우산과 소지품을 그물 선반에 올려놓고, 손잡이에 매달려 여느 때처럼 잡지를 읽으면서 한 손으로 홀홀 페이지를 넘기는 동안 난 엉뚱한 생각을 했다.

내게서 책 읽는 것을 없애버린다면 경험이 부족한 난 울상을 짓겠지. 그 정도로 나는 책에 쓰여 있는 것에 의지하고 있다. 한 권의 책을 읽을 때면 그 책에 완전히 몰입하여 신뢰하고, 동화되고, 공감하고, 거기에 억지로 생활을 갖다대본다. 그리고 다른 책을 읽을 때면 금세 확 바뀌어 집중한다. 남의 것을 훔쳐와서 확실한 내 것으로 고쳐 만드는 재주, 그 교활함은 내 유일한 특기다. 정말 이 교활함, 속임수에는 신물이 난다. 매일매일 실수에 실수를 거듭해 큰 창피를 당한다면 조금은 중후해질지 모른다. 하지만 그런 실수조차 어떻게든 핑계를 대서 잘 꾸며내고, 그럴싸한 이론을 짜내어 괴로운 연기 같은 것을 당당하게 한다. (이런 말도 어느 책에선가 읽은 적이 있다.)

정말로 나는 어떤 게 진짜 나인지 모르겠다. 읽을 책이 없어서 흉내 낼 교본이 보이지 않게 되었을 때, 나는 대체 어떡해야 할까. 어쩔 줄 모르고 위축된 모습으로 무턱대고 코만 풀고 있을지도 모른다. 어쨌든 전차 안에서 매일 이렇게 종잡을 수 없는 생각만 해서는 안된다. 몸에 불쾌한 온기가 남아서 견딜 수가 없다. 뭔가 해야 해, 어떻게든 해야 해라고 생각하지만 어떻게 하면 나 자신을 확실히 파악할 수 있을까. 이제까지 내가 했던 자기비판 따윈 전혀 의미가 없는 것 같다. 자기비판을 해서 싫은 점이나 약점을 깨달으면 금방 그것에 빠져 자신을 위로하고, 소의 뿔을 바로잡으려다 소를 죽이는 우를 범하는 건 좋지 않다고 결론지어버리니 비판이고 뭐고 없던 일이 된다. 아무것도 생각하지 않는 편이 오히려 양심적이다.

이 잡지에는 '젊은 여성의 결점'이라는 제목으로 여러 사람들이 쓴 글이 실려 있다. 읽는 내내 내 얘기를 하는 것 같아 부끄럽기도 하다. 그런데도 쓴 사람마다 평소에 바보라고 생각하던 사람은 그대로 바보 느낌이 드는 말을 하고, 사진을 봤을 때 멋쟁이 느낌이 있던 사람은 멋스러운 말씨를 쓰는 게 우스워서 중간중간 킥킥 웃으면서 읽어내려갔다. 종교인은 곧바로 신앙 이야기를 꺼내고, 교육자는 처음부터 끝까지 은혜, 은혜라고 쓰고 있다. 정치가는 한시漢詩를 들고 나온다. 작가는 젠체하며 멋스러운 말을 쓴다. 우쭐해 있다.

그럼에도 전부 꽤 확실한 것만 쓰고 있다. 개성이 없는 것. 깊은 맛이 없는 것. 올바른 희망, 올바른 야심, 그런 것들로부터 멀리 떨어져 있는 것. 즉 이상이 없는 것. 비판은 있어도 자기 생활과 직접 결부시키는 적극성이 없는 것. 반성 없음. 진정한 자각, 자기애, 자중이 없다. 용기 있는 행동을 하면서도, 그 모든 결과에 대해 책임질 수 있을까. 자기 주위의 생활양식에는 순응적이라 능숙하게 삶을 영위하고 있지만, 자신 및 자기 주위의 생활에 대한 올바르고 강렬한 애정이 결여돼 있다. 애정이 없다. 진정한 의미의 겸손이 없다. 독창성이 부족하다. 모방뿐이다. 인간 본래의 '사랑'이라는 감각이 결여되어 있다. 고상한 척하지만 기품이 없다. 그외에도 많은 얘기가 쓰여 있다. 정말 읽고 있으면 깜짝 놀랄 부분이 많다. 결코 부정할 수 없는 이야기다.

하지만 여기에 쓰여 있는 모든 말이 왠지 모르게 낙관적이어서 그 사람들이 자신의 평소 생각과 동떨어진 것을 그냥 써본 것 같다는 느낌이 든다. '진정한 의미의'라든가 '본래의' 같은 형용사가 많이 있지만, '진정한' 사랑, '진정한' 자각이란 어떤 건지 확실히 손에 잡히게 적혀 있지는 않다. 이 사람들은 알고 있을지도 모른다. 그렇다면 더 구체적으로 단지 한마디, 오른쪽으로 가라든지 왼쪽으로 가라는 식으로, 권위 있게 손가락으로 가리켜주는 게 더 고마울 텐데. 우리는 애정 표현의 방침을 잃어버렸기 때문에, 이것도 안되고 저것도 안된다고 말하는 대신 이렇게 해라, 저렇게 해라 하고 딱 부러지게 강하게 명령한다면, 모두 그대로 따를 것이다. 아무도 자신이 없는 걸까. 여기에 의견을 발표한 사람들은 언제나, 어느 경우에나 이런 의견을 가지고 있는 건 아닐지도 모른다. 올바른 희망, 올바른 야심이 없다고 혼내지만, 우리가 올바른 이상을 좇아 행동할 때 이들은 우리를 어디까지 지켜보고 이끌어줄까.

우리는 자신이 가야 할 최선의 장소, 가고 싶은 아름다운 장소, 자신을 발전시킬 장소를 어렴풋하게나마 알고 있다. 잘살고 싶어한다. 그야말로 올바른 희망, 야심을 가지고 있다. 믿고 의지할 만한 확고부동한 신념을 가지고 싶어서 안달한다. 그런데 딸이라면 딸로서의 생활 속에서 이 모든 것을 구현하고자 한다면 얼마만큼의 노력이 필요할까. 엄마, 아빠, 언니, 오빠 들의 사고방식도 있다. (입으로는 낡았네 어쩌네 하지만 절대로 인생의 선배, 노인, 기혼자 들을 경멸하지 않는다. 그러기는커녕 언제나 두어수 위에 둔다.) 늘 관계를 맺고 살아가는 친척도 있다. 지인도 있고 친구도 있다. 그리고 늘 거대한 힘으로 우리를 떠밀어내는 '세상'이란 것도 있다. 이 모든 것을 느끼고 보고 생각하면, 자신의 개성을 키울 만한 그런 판국은 아니다. 그저 눈에 띄지 않게, 수많은 보통 사람들이 지나가는 길을 묵묵히 가는 게 가장 영리한 것이라고 생각하지 않을 수 없다. 소수를 위한 교육을 전체에게 실시하다니, 이건 정말 잔인한 일이란 생각이 든다. 학교의 도덕 교육과 세상의 법도가 굉장히 다르다는 사실을 자라면서 점차 알게 됐다. 학교의 도덕을 완벽히 준수하면 그 사람은 바보 취급을 당한다. 이상한 사람이라는 말까지 듣게 된다. 출세도 못하고 늘 가난하게 산다. 거짓말을 안하는 사람이 있을까? 있다면 그 사람은 영원히 패배자일 것이다. 내 친척 중에 행실이 바르고, 확고한 신념을 가지고 이상을 추구하면서, 그야말로 참되게 살아가는 분이 하나 계시지만, 친척들은 모두 그를 나쁘게 말한다. 바보로 취급한다. 난 그런 바보 취급을 당하고 패배할 걸 알면서, 엄마와 모든 사람들에게 반대하면서까지 자신의 주장을 펼치지는 않을 것이다. 두렵기 때문이다. 어릴 적엔 내 생각과 다른 사람의 생각이 완전히 다를 때면 엄마한테,

"왜요?"라고 묻곤 했다. 그럴 때마다 엄마는 대충 한마디로 정리하면서 화를 냈다. 그건 나빠, 못된 짓이야,라며 엄마는 슬퍼했던 것 같다. 아빠한테 말한 적도 있다. 아빠는 그냥 가만히 웃었다. 그리고 나중에 엄마한테 "삐딱한 아이"라고 말했다고 한다. 점점 커가면서 나는 무서워 벌벌 떠는 사람이 되고 말았다. 양장 한벌 짓는 일에도 남의 이목을 신경 쓰게 되었다. 사실 자신의 개성 같은 것을 몰래 사랑하고 있고 사랑하고 싶지만, 그것을 확실하게 자신의 것으로 체현하는 건 두려운 일이다. 사람들이 착하게 여기는 딸이 되고 싶다고 늘 생각한다. 많은 사람들이 모일 때 나는 얼마나 비굴할까. 입 밖으로 내고 싶지 않은 말, 생각과 완전히 동떨어진 말을 꾸며내 시끄럽게 재잘거린다. 그러는 편이 낫다고, 득이라고 생각하는 것이다. 정말 맘에 들지 않는다. 도덕적 기준이 확 바뀌는 날

이 빨리 왔으면 좋겠다. 그러면 이런 비굴함도 없을 테고, 또 자신을 위해서가 아니라 남에게 좋은 평판을 받기 위해 매일매일 힘들게 사는 일도 없을 테지.

아, 저기 자리가 났다. 서둘러 선반에서 소지품과 우산을 내리고서 재빨리 끼여 앉는다. 오른쪽은 중학생, 왼쪽은 아이를 업고 포대기를 두른 아줌마다. 아줌마는 나이를 먹었으면서도 짙은 화장에 유행하는 올림머리를 했다. 얼굴은 예쁘지만 목 부분에 주름이 검게 잡혀 있어서 한심스러웠고, 때려주고 싶을 정도로 싫었다. 인간은 서 있을 때와 앉아 있을 때 생각하는 게 완전히 달라진다. 앉아 있을 때면 왠지 미덥지 못한 무기력한 생각만 하게 된다. 내 맞은편 자리에는 네댓명, 같은 연령대의 샐러리맨들이 멍하니 앉아 있다. 서른살쯤 됐을까? 모두 영 거슬린다. 눈이 흐리멍덩하니 탁하다. 패기가 없다. 하지만 내가 지금 이들 중 누군가를 향해 싱긋 웃어주면, 단지 그것만으로 나는 질질 끌려가 그와 결혼해야 하는 처지에 빠질지도 모른다.

여자는 자신의 운명을 결정하는 데 미소 하나면 충분하다. 두렵다. 이상할 정도다. 조심해야지. 오늘 아침에는 정말 이상한 생각만 든다. 이삼일 전부터 우리 집 정원을 손질하러 오는 정원사의 얼굴이 눈에 아른거려 미치겠다. 어디까지나 정원사일 뿐이지만 얼굴 느낌이 뭔가 다르다. 과장되게 말하면 사색가 같은 얼굴이다. 얼굴빛이 검은 만큼 야무져 보인다. 눈이 멋있다. 미간이 좁다. 코는 납작코지만 그게 또 검은 피부와 잘 어울려 의지가 강해 보인다. 입술 모양도 꽤 괜찮다. 귀는 조금 더럽다. 손에 대해 말할 것 같으면 그야말로 정원사의 손이지만, 검은 소프트 모자를 깊게 눌러쓴 그늘진 얼굴은 그냥 정원사로 있기엔 아깝다는 생각이 든다. 엄마한테 서너번, 저 정원사 아저씨는 처음부터 정원사였을까, 하고 물어봤다가 결국 혼나고 말았다. 오늘 소지품을 싼 이 보자기는 마침 그 정원사 아저씨가 처음 온 날 엄마한테서 받은 것이다. 그날은 우리 집 대청소 날이라 부엌 수리공과 장판 가게 아저씨도 와 있었다. 엄마는 장롱 안을 정리했고, 그때 이 보자기가 나와서 나한테 주었다. 예쁘고 여성스러운 보자기. 예뻐서 묶기가 아깝다. 이렇게 앉아 무릎 위에 올려놓고 몇번이고 슬쩍슬쩍 바라본다. 어루만져본다. 전차 안에 있는 모든 사람들에게 보여주고 싶은데 아무도 보지 않는다. 이 귀여운 보자기를 그저 잠깐 바라봐주기만 한다면 나는 그 사람의 집으로 시집가게 된다 해도 좋다. 본능이라는 말과 마주하면 울고 싶어진다. 본능의 거대함, 우리 의지로는 움직일 수 없는 힘, 그런 것을 간혹 나에게 일어나는 여러 일을 통해 깨닫게 되면 미칠 것 같다. 어떻게 하면 좋을지 몰라 멍해진다. 부정도 긍정도 할 수 없는, 다만 아주 커다란 게 머리에 푹 씌워진 것 같다. 그리고 나를 마음대로 질질 끌고 돌아다닌다. 끌려다니면서도 만족스러운 마음과 그것을 슬픈 마음으로 바라보는 또다른 감정. 왜 우린 나 자신만으로 만족하고, 또 나 자신만을 평생 사랑하며 살아갈 수 없는 걸까? 본능이 지금까지의 내 감정과 이성을 잠식해가는 걸 지켜보려니 참으로 한심하다. 조금이라도 자신을 잊은 다음은 그저 실망스러울 뿐이다. 그런 나, 이런 내게도 분명 본능이 존재한다는 사실을 알게 되어 눈물 날 것 같다. 엄마, 아빠를 부르고 싶어진 다. 하지만 또 진실이라는 게 의외로 내가 혐오스 러워하는 데 있을지 모른다고 생각하니 더욱더 한 심하다.

벌써 오차노미즈다. 플랫폼에 내려서는데, 왠지 모든 게 말끔해진다. 막 지나간 일을 조바심치며 기억하려고 애썼지만, 좀처럼 떠오르지 않는다. 그 다음을 생각하려고 안달했지만 아무것도 생각나는 게 없다. 텅 비어 있다. 그 당시 가끔 내 심금을 울 린 것도 있었을 테고 괴롭고 부끄러운 일도 있었을 텐데, 지나가버리면 완전히 아무것도 없었던 것이 나 마찬가지다. 지금이라는 순간은 재미있다. 지금, 지금, 지금, 하며 손가락으로 누르고 있는 동안에 도 지금은 멀리 날아가버리고, 새로운 '지금'이 와 있다. 육교 계단을 터벅터벅 오르면서 도대체 이게 뭔가 싶다. 바보 같다. 나는 좀 지나치게 행복한지 도 모른다.

오늘 아침 고스기 선생님은 예쁘다. 내 보자기처럼 예쁘다. 아름다운 파란색이 잘 어울리는 선생님. 가슴에 단 진홍색 카네이션도 눈에 띈다. '잘난 척'을 하지 않는다면 이 선생님을 더 좋아할 텐데, 지나치게 잘난 척한다. 억지스럽다. 저렇게 하면 피곤할 텐데. 성격도 어딘가 난해한 부분이 있다. 알 수 없는 부분을 많이 가지고 있다. 어두운 성격인데도 무리해서 밝게 보이려고 하는 구석이 있다. 하지만 누가 뭐래도 끌리는 여자다. 학교 선생님으로 있기에는 아깝다는 생각이 든다. 반에서 예전만큼은 인기가 없지만, 나만은 전과 다름없이 선생님에게 매료되어 있다. 산속 호숫가의 고성古城에 사는 귀한 따님, 그런 느낌이 묻어난다. 이런, 너무 칭찬하고 말았군. 고스기 선생님이 하는 이야기는 왜 늘 이렇게 딱딱할까? 머리가 나쁜 게 아닐까? 슬퍼진다. 아까부터 애국심에 대해 장황하게 말하고 있는데, 그런 건 이미 다 아는 거 아닌가? 누구나 자기가 태어난 곳을 사랑하는 마음은 있는데 말이지. 재미없어. 책상에 턱을 괴고 멍하니 창밖을 바라본다. 바람이 강해서 그런지 구름이 예쁘다. 정원 구석에 장미가 네송이 피어 있다. 노란색 하나, 흰색 둘, 분홍색 하나. 멍하니 꽃을 바라보면서 인간에게도 정말로 좋은 점이 있다는 생각을 했다. 꽃의 아름다움을 발견한 건 인간이고, 꽃을 사랑하는 것도 인간이니 말이다.

점심시간에 귀신 이야기가 나왔다. 야스베 언니의 제일고등학교 7대 불가사의 중 하나, '열리지 않는 문' 이야기를 듣고는 정말 모두가 다 꺄악, 꺄악 했다. 갑자기 사라지는 그런 식의 이야기가 아니라, 심리적인 이야기라서 재미있었다. 너무 소란을 피운 탓인지 방금 식사를 했는데도 금세 배가 고파졌다. 바로 단팥빵 부인한테서 캐러멜을 얻어먹는다. 그리고 나서 모두 또 한바탕 공포 이야기에 몰두한다. 누구나 귀신 이야기 같은 것에는 흥미가 샘솟는 모양이다. 일종의 자극일까. 그리고 이건 괴담은 아니지만, '구하라 후사노스케'[4] 이야

---

4 구하라 후사노스케(久原房之助, 1869~1965). 광산재벌이자 정치가로 1936년 2·26사건 당시 우익 측에 자금을 제공하기도 했다.

기는 정말이지 웃긴다.

오후 미술시간에는 모두 교정으로 나가 사생실기. 이토 선생님은 왜 항상 까닭 없이 나를 난처하게 만드는 걸까. 선생님은 오늘도 내게 자신의 그림 모델이 되어달라고 했다. 아침에 내가 가져온 낡은 우산이 반 아이들의 큰 환영을 받아 모두 소란을 피웠는데, 결국 이토 선생님이 그걸 알게 되면서 그 우산을 가지고 교정 구석에 피어 있는 장미 옆에 서 있도록 시킨 것이다. 선생님은 이런 내 모습을 그려서 이번 전람회에 출품할 거라고 한다. 삼십분 동안만 모델이 되어주기로 했다. 남에게 조금이라도 도움이 된다는 건 기쁜 일이다. 하지만 이토 선생님과 둘이 마주보고 있으면 너무나 피곤하다. 이야기에 끈적한 구석이 있는데다 말이 아주 많고, 나를 지나치게 의식해서인지 스케치하면서 하는 이야기가 전부 내 이야기뿐이다. 대답하는 것도 귀찮고 성가셨다. 알 수 없는 사람이다. 이상하게 웃기도 하고, 선생님 주제에 부끄러워하기도 하고, 아무튼 그 느끼함에는 구역질이 날 것 같다.

"죽은 여동생이 생각나"라니, 정말 참을 수 없다. 사람은 좋은 듯한데 제스처가 너무 많다.

　제스처라면 나도 지지 않을 만큼 많이 가지고 있다. 게다가 내 제스처는 뻔뻔하고 영리하고 약삭빠르다. 정말 아니꼬워서 어찌할 바를 모르겠다. "나는 너무 포즈를 잡아서 그 포즈에 끌려다니는 거짓말쟁이 도깨비다" 따위의 말을 하는데, 이 또한 하나의 포즈니까 꼼짝달싹할 수가 없다. 이렇게 얌전히 선생님의 모델이 되어드리면서도 "자연스러워지고 싶고, 솔직해지고 싶다"고 간절히 기원한다. 책 따위 그만 읽어. 관념뿐인 생활로 무의미하게 건방 떨며 아는 척하다니, 정말 경멸스러워. 아, 생활의 목표가 없다는 둥, 좀더 생활과 인생에 적극적이어야 한다는 둥, 자신에게 모순이 있다는 둥, 어떻다는 둥, 계속 생각하고 고민하는 것 같은데 네가 하는 건 감상일 뿐이야. 자기 자신을 가여워하고 위로할 따름이지. 그리고 자신을 너무 높게 평가하고 있어. 아아, 이렇듯 마음이 지저분한 나를 모델로 삼았으니 선생님 그림은 틀림없이 낙선이다. 아름다울 수가 없어. 그러면 안되지만 이토 선생님이 바보로 보이는 건 어쩔 수가 없다. 선생님은 내 속옷에 장미 자수가 있는 것도 모른다.

잠자코 같은 자세로 서 있으니 문득 돈이 간절히 갖고 싶어진다. 십엔만 있으면 좋을 텐데. 가장 먼저 『퀴리 부인』을 사서 읽고 싶다. 그리고 문득 엄마가 오래 사셨으면 좋겠다고 생각한다. 선생님의 모델이 되면 이상하게 힘들다. 기진맥진 녹초가 되었다.

방과 후에는 절집 딸 긴코와 몰래 할리우드에 가서 머리를 했다. 완성된 머리를 보니 부탁한 것처럼 되지 않아 실망스러웠다. 아무리 봐도 난 조금도 귀엽지 않다. 한심하다는 생각이 들었다. 정말이지 기운이 쭉 빠졌다. 이런 데 와서 몰래 머리를 하다니, 굉장히 불결한 한마리의 암탉이 된 것 같아 지금 몹시 후회된다. 우리가 이런 데를 오다니, 자기 자신을 경멸하는 행동이라는 생각이 들었다. 긴코는 들떠 신이 나 있다.

"이대로 선이나 보러 갈까?" 따위의 거친 말을

꺼냈지만 그러면서 왠지 긴코는 자기가 정말 선보러 가는 듯한 착각을 한 듯,

"이런 머리엔 무슨 색 꽃을 꽂으면 좋을까?" "기모노를 입을 때 오비[5]는 어떤 게 좋을까?" 하며 진짜 선보러 가는 양 군다.

정말 아무 생각도 없는 귀여운 아이.

"어떤 사람이랑 선보는데?" 하고 웃으면서 물었더니,

"떡 가게는 떡 가게라고 하니까" 하고 점잔 빼면서 대답한다. 내가 조금 놀라 그게 무슨 의미냐고 물어보니, 절집 딸은 절로 시집가는 게 젤 좋아, 평생 먹고살 걱정도 없고,라고 대답해서 또다시 나를 놀라게 했다. 긴코는 아주 무성격인 것 같고, 그 때문에 여성스러움이 가득하다. 학교에서 나랑 옆자리에 앉는 사이일 뿐, 내가 그리 친근하게 대해준 것도 없는데 나를 자기와 가장 친한 친구라고 모두에게 말한다. 참 귀여운 아가씨다. 이틀에 한

---

5 일본 전통 복장에서 허리에 두르는 폭이 넓은 띠.

번씩 편지를 보내기도 하고, 아무튼 여러모로 신경을 써줘서 고맙긴 하지만, 오늘은 지나치게 들떠 있어서 정말이지 짜증스러웠다. 긴코와 헤어지고 나서 버스를 탔다. 왠지, 왠지 모르게 우울했다. 버스 안에서 불쾌한 여자를 보았다. 깃이 더러운 기모노를 입고 있었고, 덥수룩한 빨간 머리를 빗 하나로 말고 있었다. 손발도 더러웠다. 게다가 남자인지 여자인지 알 수 없는 부루퉁한 검붉은 얼굴이다. 게다가 아아, 속이 메슥거린다. 이 여자는 배가 크다. 이따금 혼자 히죽거리며 웃는다. 암닭. 몰래 머리하러 할리우드 같은 곳에 간 나 역시 저 여자랑 조금도 다르지 않다.

오늘 아침, 전차에서 옆에 앉아 있던, 짙은 화장을 한 아줌마가 생각난다. 아아, 더러워, 더러워. 여자는 싫어. 내가 여자인 만큼 여자 안에 있는 불결함을 잘 알기 때문에 이가 갈릴 정도로 싫다. 금붕어를 만진 뒤의 참을 수 없는 비린내가 내 몸 가득 배어 있는 것 같고, 아무리 씻어도 가시지 않는 것 같다. 이렇게 하루하루 나도 암컷의 체취를 발산하게 되는 건가 생각하면, 역시 마음에 짚이는 것도 있어서 더욱더 이대로, 소녀인 채로 죽고 싶다. 문득, 병에 걸리고 싶다는 생각을 한다. 굉장히 심각한 병에 걸려 땀을 폭포처럼 흘리고 삐쩍 마르게 되면, 나도 완전히 깨끗해질지 모른다. 살아 있는 한 도저히 피할 수 없는 걸까? 진정한 종교의 의미를 알게 된 것 같은 기분이다.

버스에서 내리니 조금 안심이 되었다. 아무래도 차는 못 타겠다. 공기가 미지근해서 견딜 수가 없다. 땅이 좋다. 흙을 밟고 걸으면 나 자신이 좋아진다. 아무래도 나는 좀 덜렁댄다. 만사태평한 사람이다. 돌아가 돌아가 뭘 보며 돌아가나, 밭에 난 양파를 보고 또 보면서 돌아가, 개구리가 우니까 돌아가. 이렇게 작은 소리로 노래 부르고서, 어쩜 애는 이리도 태평한 아이인가 싶어 스스로 답답해지고, 키만 껑충 큰 꺽다리 같은 내가 싫어진다. 멋진 여자가 되어야겠다고 생각했다.

집으로 돌아가는 이 시골길을 매일같이 보니 너무나 익숙해서 얼마나 조용한 시골인지 알 수 없게 되고 말았다. 그저 나무, 길, 밭, 그것뿐이니까. 오늘은 한번 다른 곳에서 처음으로 이 시골을 찾아온 사람 흉내를 내봐야지. 난, 음, 간다 근처에 있는 게다 가겟집 딸로, 난생처음 교외의 땅을 밟는 거다. 그렇다면 이 시골은 도대체 어떻게 보일까. 멋진 생각. 가련한 생각. 나는 정색하고 일부러 과장되게 두리번거린다. 작은 가로수 길을 내려갈 때에는 우러러 신록 가지들을 보며 와, 하고 작은 소리로 감탄사를 내지르고, 흙으로 만든 다리를 건널 때에는 잠시 시냇물을 들여다보며 물에 얼굴을 비춰보고, 개 흉내를 내며 멍멍 짖어보기도 하고, 먼 곳의 밭을 볼 때에는 눈을 가늘게 뜨고 황홀한 표정으로, 좋구나, 하고 중얼거리며 한숨을 쉰다. 신사에서 또 잠시 휴식. 신사 숲속이 어두워서 황급히 일어나 아, 무서워라, 하고는 어깨를 약간 움츠리고 허둥지둥 숲을 빠져나온다. 숲 밖의 눈부심에 일부러 놀란 척하며, 여러모로 정말 새롭게 마음먹고 시골길을 열중해서 걷는데, 왠지 견딜 수 없이 슬퍼진다. 결국 길가 초원에 털썩 주저앉아버렸다. 풀 위에 앉으니 방금 전까지 들떠 있던 마음이 툭 하는 소리를 내며 사라지고 갑자기 진지해진다. 그리고 요즘의 나에 대해 가만히, 천천히 생각해본다. 요즘 난 왜 이 모양일까. 어째서 이렇게 불안한 걸까. 언제나 무언가를 겁내고 있다. 요전에 누군가에게 이런 말을 들었다. "넌, 점점 천박한 속물이 돼가는구나."

그럴지도 모른다. 나는 확실히 못된 애가 되었다. 쓸모없는 애가 되었다. 그럼 안되지, 안돼. 너무나도 나약해. 느닷없이 아악 하고 크게 소리 지르고 싶어졌다. 쳇, 그런 소리를 질러 겁쟁이 같은 자신의 약점을 숨겨보려 해도 소용없어. 좀더 어떻게 해봐라. 나는 사랑에 빠졌는지도 모른다. 하늘을 올려다보며 푸른 초원에 누워 뒹굴었다.

"아빠!" 하고 불러본다. 아빠, 아빠. 석양이 지는 하늘은 아름다워요. 그리고 저녁 안개는 핑크색. 석양빛이 안개 속에 녹아 스며들어서 안개가 이렇게 부드러운 핑크색이 된 거겠죠. 이 핑크색 안개가 살랑살랑 흘러서 숲 사이로 기어들어가기도 하고, 길 위를 걷기도 하고, 초원을 어루만지기도 하고, 그리고 내 몸을 포근히 감싸주기도 하죠. 핑크빛은 내 머리카락 한올 한올까지 살며시 아련하게 비추고 부드럽게 어루만져줍니다. 그보다도 이 하늘이 아름다워요. 이 하늘을 향해 난생처음 고개를 숙이고 싶어요. 저는 지금 이 순간 하느님을 믿습니다. 이건, 이 하늘색은 무슨 색이라고 해야 할까. 장미, 불, 무지개, 천사의 날개, 대사원. 아니, 그런 게 아니야. 훨씬 더 거룩하고 성스러워.

눈물이 날 정도로 '모두를 사랑하고 싶다'는 생각이 들었습니다. 가만히 하늘을 보고 있자니 하늘이 점점 변해갑니다. 점점 푸른빛이 돕니다. 그저 한숨만 나옵니다. 순간 옷을 다 벗어던지고 알몸이 되고 싶어졌어요. 지금만큼 나뭇잎과 풀이 투명하고 아름다워 보인 적도 없어요. 살짝 풀을 만져보았습니다.

아름답게 살고 싶어요.

집에 돌아와보니 손님이 와 있었다. 엄마는 벌써 돌아와 있었다. 여느 때처럼 떠들썩한 웃음소

리. 엄마는 나와 단둘이 있을 때에는 아무리 얼굴
로는 웃고 있어도 소리를 내지 않는다. 하지만 손
님과 이야기할 때에는 얼굴로는 전혀 웃지 않으면
서 소리만 가늘고 높게 내며 웃는다. 인사하고 바
로 집 뒤로 가서는 우물가에서 손을 씻은 뒤 양말
을 벗고 발을 씻는데 생선 장수가 와서 많이 기다
리셨죠, 매번 이용해주셔서 감사합니다, 하면서 커
다란 생선 한마리를 우물가에 놓고 간다. 무슨 생
선인지는 모르지만 비늘이 자잘한 걸 보니 북쪽 바
다에서 잡은 것 같다. 생선을 접시에 옮겨담고 다
시 손을 씻으려니까 홋카이도의 여름 냄새가 난다.
재작년 여름방학 때 홋카이도에 사는 언니네 집에
놀러 갔던 일이 생각난다. 도마코마이에 있는 언니
네 집은 해안에서 가까운 탓인지 계속 생선 냄새가
났다. 휑하니 넓은 부엌에서 언니가 저녁에 홀로
희고 여성스러운 손으로 능숙하게 생선 요리를 하
던 모습이 선명하게 떠오른다. 나는 그 순간 왠지
언니에게 응석을 부리고 싶어 견딜 수 없을 정도로
애가 탔는데, 그땐 이미 조카 도시가 태어난 뒤여

서 언니는 내 차지가 될 수 없었다. 그 생각을 하니 휘잉 하는 차가운 외풍이 느껴진다. 도저히 언니의 가냘픈 어깨에 안길 수 없어서 죽을 만큼 외로운 심정으로 꼼짝하지 않은 채 그 어둑한 부엌 구석에 서서 정신이 아득해질 정도로 부드럽게 움직이는 언니의 하얀 손끝을 바라보던 일도 생각난다. 지나간 일은 모든 게 그립다. 가족이란 이상한 존재다. 타인은 멀리 떨어지면 차츰 더 희미해지고 잊혀가는데 가족은 더욱더 그립고 아름다운 것만 생각나니 말이다.

우물가의 산수유 열매가 어렴풋이 붉은빛을 띠고 있다. 이제 두주만 지나면 먹을 수 있을 것이다. 작년엔 재미있었다. 내가 저녁에 혼자 산수유를 따먹고 있는데 자피가 물끄러미 쳐다보기에 불쌍한 생각이 들어 한알 주었더랬다. 그러자 자피가 얼른 받아먹었다. 다시 두알을 주니 받아먹었다. 너무나 재미있어서 나무를 흔들어 산수유를 뚝뚝 떨어뜨리니 자피가 정신없이 그것을 먹기 시작했다. 바보같은 녀석. 산수유를 먹는 개는 처음 본다. 나는 발

돋움을 해 산수유를 따먹었다. 자피는 밑에서 산수
유를 먹었다. 재미있었다. 그 일을 떠올리니 사피
가 보고 싶어져,

"자피!" 하고 불렀다.

자피는 현관 쪽에서 얼른 알아차리고 달려왔
다. 갑자기 깨물어주고 싶을 만큼 자피가 너무나
귀여워서 꼬리를 세게 쥐었더니 내 손을 부드럽게
물었다. 눈물이 날 것 같은 기분이 들어 머리를 때
려주었다. 자피는 태연히 우물가의 물을 소리 내
마신다.

방에 들어가니 전등이 환히 켜져 있다. 쥐 죽은
듯 조용하다. 아빠는 없다. 역시 아빠가 없으니 집
안 어딘가에 빈자리가 떡하니 남아 있는 것 같아
서 몸부림치고 싶어진다. 기모노로 옷을 갈아입고,
벗어놓은 속옷의 장미 자수에 살며시 키스하고 나
서 경대 앞에 앉는데 갑자기 응접실 쪽에서 엄마와
손님들의 웃음소리가 와하고 났다. 나는 왠지 화가
치밀었다. 엄마는 나와 단둘이 있을 때에는 괜찮은
데 손님이 오면 이상하게 내게서 멀어지고 차갑고

서먹해진다. 난 그럴 때 제일 아빠가 그립고 슬퍼진다.

거울을 들여다보니 어머나 하고 놀랄 정도로 얼굴에 생기가 넘친다. 얼굴이, 다른 사람이다. 나의 슬픔과 고통, 그런 기분과는 전혀 상관없이 별개로 자유롭게 생기가 넘친다. 오늘은 볼연지도 바르지 않았는데 볼이 유난히 발그레하다. 게다가 입술이 작고 붉게 빛나서 귀엽다. 안경을 벗고 생긋 웃어본다. 눈이 참 예쁘다. 새파랗고 맑다. 아름다운 저녁 하늘을 오랫동안 쳐다봐서 이렇게 예쁜 눈이 된 걸까? 좋았어.

조금 들뜬 기분으로 부엌에 가서 쌀을 씻는데 또 슬퍼진다. 전에 살던 고가네이의 집이 그립다. 가슴이 타들어갈 정도로 그립다. 그 좋은 집에는 아빠도 있었고 언니도 있었다. 엄마도 젊었다. 내가 학교에서 돌아올 때면, 엄마와 언니는 부엌이나 거실에서 무언가 재미난 이야기를 하곤 했다. 간식을 받고, 두 사람에게 한바탕 어리광을 부리기도 하고, 언니한테 싸움을 걸기도 했다. 항상 그러다가 혼이 나 밖으로 뛰쳐나갔다. 아주 멀리까지 자전거를 타고 갔다가 저녁에 돌아와서 즐겁게 밥을 먹었다. 정말 즐거웠다. 나 자신을 응시하거나 불결함에 거북해하는 일 없이 그저 어리광만 부리면 되었다. 나는 얼마나 커다란 특권을 누리고 있었던 걸까. 게다가 아무렇지도 않게 말이다. 걱정도 없고, 쓸쓸함도 없고, 괴로움도 없었다. 아빠는 훌륭하고 좋은 분이었다. 언니는 다정해서 나는 항상 언니에게 매달려 있곤 했다. 하지만 조금씩 커감에 따라 무엇보다도 나 자신이 망측스러워 내 특권은 어느샌가 없어지고 벌거숭이가 되었다. 추하디추하다. 누구에게라도 절대 어리광을 부릴 수 없게 되었고, 내 생각에만 빠져 괴로운 일만 많아졌다. 언니는 시집가버렸고, 아빠는 이제 없다. 단지 엄마와 나, 둘만 남았다. 엄마도 쓸쓸한 일만 있을 것이다. 요전에도 엄마는 "이제 사는 재미가 없어졌어. 사실 너를 봐도 그리 즐겁지 않단다. 용서해주렴. 행복도 아빠가 안 계시면 오지 않는 편이 나아"라고 했다. 모기가 나타나면 문득 아빠를 떠올리고, 옷 솔기를 뜯으면서 아빠를 생각하고, 손톱을 깎을 때도 아빠를 생각하고, 차가 맛있을 때도 꼭 아빠를 생각한다고 한다. 내가 아무리 엄마 마음을 위로하고 이야기 상대를 해줘도, 역시 아빠와는 다를 것이다. 부부애라는 건 이 세상에서 가장 강한 것으로, 육친의 사랑보다도 고귀한 것임에 틀림없다. 건방진 생각을 하니 혼자 얼굴이 빨개져서 나는 젖은 손으로 머리를 쓸어올렸다. 쌀을 박박 씻으면서, 나는 엄마가 사랑스럽고 안쓰러워서 잘 해드려야겠다고 진심으로 생각했다. 이런 웨이브를 넣은 머리 따윈 당장 풀어버리고 머리를 더 길게 기르자. 엄마는 전부터 내 머리가 짧은 걸 싫어했으니 아주 길게 길러서 단정하게 묶은 모습을 보여주면 기뻐하겠지. 하지만 그렇게까지 해서 엄마를 위로하는 것도 싫다. 불쾌하다. 생각해보면 요즘 내 초조함은 엄마와 아주 관계가 깊다. 엄마 마음에 쏙 드는 착한 딸이 되고 싶지만, 그렇다고 해서 이상하게 비위를 맞추는 것은 싫다. 아무 말 않고 있어도 엄마가 내 기분을 제대로 이해하고 안심하면 그게 가장 좋은 것이다. 내가 아무리 제멋대로라고는 해도 결코 세상의 비웃음거리가 될 만한 일은 하지 않을 거고, 괴롭고 쓸쓸해도 중요한건 확실하게 지킬 것이다. 무엇보다 엄마와 이 집을 진심으로 사랑하니까 엄마도 나를 절대적으로 믿고 긴장을 풀고 편안히 지낸다면 그걸로 충분하다. 나는 분명 멋지게 해낼 것이다. 몸이 부서지도록 노력할 것이다. 그것이 지금의 내게는 가장 큰기쁨이고 살아갈 길이라고 생각하는데, 엄마는 조금도 나를 신뢰하지 않고 여전히 어린애처럼 취급한다. 내가 어린애 같은 말을 하면 엄마는 기뻐한다. 얼마 전에도 내가 바보같이 일부러 우쿨렐레를 꺼내 통통 퉁기며 까부는 모습을 보였더니 엄마는 정말 기쁜 듯,

"어머, 비가 오나? 빗방울 소리가 들리네" 하며 시치미를 떼고 나를 놀렸다. 내가 진짜로 우쿨렐레 따위에 빠져 있다고 생각하는 것 같아 나는 한심해서 울고 싶었다. 엄마, 나도 이제 어른이에요. 세상일은 뭐든 다 알고 있다고요. 안심하시고 제게 뭐

든 좋으니 의논해주세요. 우리 집 경제 사정도 전부 다 제게 털어놓고, 이런 상태니 너도 알아두라고 말씀하시면 저는 절대로 구두 같은 거 사달라고 조르지 않을 거예요. 착실하고 알뜰한 딸이 될게요. 정말로 그건 확실해요. 그런데도, 「아아, 그런데도」라는 노래가 있다는 사실을 떠올리고는 혼자서 큭큭 웃고 말았다. 정신을 차려보니 나는 멍하니 냄비에 두 손을 담근 채 바보같이 이런저런 생각을 하고 있었다.

이런, 내 정신 좀 봐. 손님께 서둘러 저녁을 차려드려야 하는데. 아까 그 큰 생선은 어떻게 해야 할까. 일단 생선을 손질해 세토막으로 뜨고 된장을 발라두자. 그렇게 해서 먹으면 틀림없이 맛있을 거야. 요리는 모두 감으로 해야 한다. 오이가 조금 남아 있으니 그걸로 산바이즈[6]를 만들어야지. 그리고 내 특기인 계란말이. 그리고 하나 더. 아, 그렇지. 로코코 요리를 하자. 이건 제가 개발한 요리랍니

6 미림과 간장과 식초를 같은 비율로 섞은 양념장, 또는 그 양념장으로 무친 음식.

다. 접시 하나하나에 각각 햄이랑 계란, 파슬리, 양배추, 시금치 등 부엌에 남아 있는 재료들을 모조리 알록달록 예쁘게 배합해서 보기 좋게 담아내는 것인데, 수고하지 않아도 되고, 무엇보다 경제적이다. 맛은 조금도 없지만 그래도 식탁이 꽤 풍성하고 화려해져서 왠지 사치스러운 진수성찬처럼 보인다. 계란 뒤쪽에 푸른 파슬리, 그 옆에 햄으로 만든 붉은 산호초가 쑥 얼굴을 내밀고, 노란 양배추잎은 모란 꽃잎이나 새 깃털 부채처럼 접시에 깔린다. 초록빛이 넘쳐흐르는 시금치는 목장인가 호수인가. 이런 그릇이 두어벌 식탁에 나오면 손님은 뜻밖에 루이 왕조를 떠올린다. 뭐 설마 그 정도까진 아니겠지만, 어차피 나는 맛있는 음식을 못 만드니 적어도 모양만이라도 아름답게 꾸며 손님을 현혹하고 어물쩍 넘어간다. 요리는 겉모양이 제일 중요하다. 대체로 그걸로 속일 수 있다. 하지만 이 로코코 요리엔 상당한 회화적 재능이 필요하다. 색채 배합에 남보다 훨씬 더 섬세하지 않으면 실패한다. 적어도 나 정도의 섬세함이 없으면 안된다. 얼마 전 로코코라는 단어를 사전에서 찾아보았는데, 화려하기만 하고 내용이 빈약한 장식양식이라고 정의되어 있어서 웃고 말았다. 명답이다. 아름다움에 내용 따위가 있어서 되겠는가. 순수한 아름다움은 언제나 무의미이고 무도덕이다. 반드시 그렇다. 그래서 나는 로코코가 좋다.

항상 그렇지만 요리를 하며 이것저것 맛보는 동안 나는 왠지 굉장한 허무감에 빠진다. 죽을 만큼 피곤하고 침울해진다. 모든 노력의 포화상태에 빠지는 것이다. 이제, 이제, 뭐든, 어떻든 될 대로 되라지. 마침내는 에잇! 하고 자포자기 상태가 되어 맛이고 모양이고 마구 내던지며 대충대충 해버리고, 정말 언짢은 표정으로 손님한테 내놓는다.

오늘 손님은 특히나 더 우울하다. 오모리에 사는 이마이다 씨 부부와 올해 일곱살인 요시오. 이마이다 씨는 벌써 마흔이 가까운데 호남자처럼 피부가 하얘서 영 거슬린다. 어째서 시키시마[7] 같은

---

7 필터가 있는 고급 담배.

걸 피우는 걸까. 필터 없는 담배가 아니면 어쩐지 불결한 느낌이 든다. 담배는 뭐니 뭐니 해도 필터 없는 담배가 최고다. 시키시마 같은 걸 피우고 있으면 그 사람의 인격까지 의심스러워진다. 매번 천장을 향해 연기를 내뿜으며 네, 네, 그렇군요 따위의 말을 한다. 지금은 야학 교사를 하고 있다고 한다. 부인은 몸집이 작고, 주뼛거리며, 천박하다. 별거 아닌 이야기에도 얼굴이 바닥에 닿을 듯 몸을 굽히고 자지러지게 웃는다. 하나도 안 웃기는데 말이다. 그렇게 과장스럽게 포복절도하며 웃는 것이 뭔가 품위 있다고 착각하나보다. 요즘 세상에선 이런 계급의 사람들이 제일 나쁜 게 아닐까? 제일 추악하다. 프티부르주아라고 해야 할까. 말단 관리라고 해야 할까. 아이도 이상하게 되바라져서 순수하고 활기찬 구석이 조금도 없다. 그렇게 생각하면서도 나는 그런 생각을 모두 억누른 채 인사하고, 웃기도 하고, 이야기도 하고, 귀엽다 귀엽다 하며 요시오의 머리를 쓰다듬어주기도 하면서 새빨간 거짓말로 모두를 속인다. 그러니 어쩌면 이마이다 부부가 아직 나보다 순수한지도 모르겠다. 모두가 내가 만든 로코코 요리를 먹고 내 솜씨를 칭찬해줘서 나는 쓸쓸하기도 하고, 화가 나기도 하고, 울고 싶은 심정이 되기도 했지만, 그래도 애써 기쁜 표정을 지으며 함께 밥을 먹었다. 그러나 이마이다 씨 부인의 끈질기고 무지한 치렛말에는 정말이지 화가 울컥 치밀어 좋아, 이제 거짓말은 하지 말아야지 하며 굳은 표정으로,

"이런 요리는 조금도 맛있지 않아요. 아무것도 없어서 제가 궁여지책으로 만든 거예요"라고 있는 그대로 진실을 말했는데, 이마이다 씨 부부는 궁여지책이라니, 말도 참 잘하네, 하면서 손뼉을 칠 듯이 웃고 재밌어했다. 나는 분해서 젓가락과 밥공기를 집어던지며 큰 소리로 울어버릴까 생각했다. 하지만 꾹 참고 억지로 히죽히죽 웃음을 보이니 엄마까지,

"애가 점점 도움이 되고 있답니다"라고 했다. 엄마는 슬픈 내 기분을 잘 알면서도 이마이다 씨 기분을 맞춰주기 위해 그런 쓸데없는 말을 하며 호

호 웃었다. 엄마, 그렇게까지 해서 이마이다 같은 사람의 기분을 맞춰줄 필요는 없어요. 손님을 대할 때의 엄마는 엄마가 아니다. 그저 연약한 여자일 뿐이다. 아빠가 돌아가셨다고 이렇게까지 비굴해지다니. 너무나 한심해서 말문이 막힌다. 돌아가주세요, 돌아가주세요. 우리 아빠 훌륭한 분이었다. 인자하고 인격이 훌륭한 분이었다. 아빠가 안 계신다고 그런 식으로 우리를 무시할 거라면 지금 당장 돌아가주세요. 정말이지 이마이다에게 그렇게 말해주고 싶었다. 그래도 나는 역시 마음이 약해서 요시오에게 햄을 잘라주기도 하고, 부인께 장아찌를 집어드리기도 하며 시중을 들었다.

식사를 마치고 나는 바로 부엌에 틀어박혀 설거지를 하기 시작했다. 빨리 혼자가 되고 싶었던 것이다. 절대로 고상한 척하는 건 아니지만, 더는 저런 사람들과 억지로 이야기를 나누거나 함께 웃을 필요는 없었다. 저런 자들에게 예의를, 아니, 알랑방귀 뀔 필요는 절대 없다. 싫어. 이젠 더는 못하겠어. 나는 노력할 만큼 했어. 엄마도 오늘 내가 꾹 참고 붙임성 있게 대하는 태도를 흐뭇하다는 듯이 보고 있었잖아. 그것만으로 된 거 아닐까. 세상 사람들과의 사교는 사교, 나는 나라고 확실히 구별해놓고, 척척 기분 좋게 상황에 맞게 처리해나가는 게 좋은 건지, 아니면 남에게 욕을 먹더라도 항상 자신을 잃지 않고, 본심을 숨기지 않고 사는 게 좋은 건지, 어느 것이 좋은 건지 모르겠다. 평생 자신과 같은 마음 약하고 다정하고 따뜻한 사람들 속에서만 살아갈 수 있는 사람이 부럽다. 고생 따위 하지 않고 평생 살 수 있다면, 일부러 사서 고생할 필요는 없다. 그러는 편이 좋다.

자신의 감정을 억누르고 남을 위해 애쓰는 건 분명 좋은 일임에 틀림없지만, 앞으로 매일 이마이다 부부 같은 사람들에게 억지로 웃어주거나 맞장구쳐줘야 한다면 나는 미쳐버릴지도 모른다. 나 같은 사람은 도저히 감옥엔 못 들어가겠지, 하고 문득 우스운 생각을 해본다. 감옥은커녕 식모도 될 수 없겠지. 한 남자의 아내도 될 수 없을 거야. 아니, 아내의 경우는 다르다. 이 사람을 위해 평생을 바치겠다는 확실한 각오가 되어 있다면 아무리 괴롭더라도 몸이 새까맣게 되도록 일할 것이고, 그렇게 해서 충분히 사는 보람이 있고 희망이 있다면 나라고 할지라도 훌륭히 해낼 수 있다. 당연한 거다. 아침부터 밤까지 다람쥐 쳇바퀴 돌듯 부지런히 일할 거야. 쉴 새 없이 빨래할 거야. 빨랫감이 많이 쌓였을 때만큼 불쾌한 때는 없다. 자꾸 초조하고 히스테리에 빠진 듯 마음이 가라앉질 않는다. 죽어도 편히 못 죽을 것 같다. 빨랫감을 모조리, 하나도 남김없이 빨랫줄에 널 때 나는 이제 이대로, 언제 죽어도 좋다고 생각한다.

이마이다 씨가 댁으로 돌아간다. 볼일이 있다면서 엄마를 데리고 나간다. 네, 네 하면서 순순히 따라가는 엄마도 엄마고, 이마이다가 여러모로 엄마를 이용하는 게 이번만은 아니지만, 이마이다 부부의 뻔뻔함이 너무나 싫어서 마구 두들겨 패주고 싶다. 문 앞까지 모두를 배웅하고 혼자 멍하니 땅거미 지는 길을 바라보고 있자니 울고 싶어진다.

우편함에는 석간신문과 편지 두통이 들어 있

다. 한통은 엄마 앞으로 온 마쓰자카야 백화점의 여름용품 판매 안내장이고, 또 한통은 사촌 준지가 나한테 보내온 것이다. 이번에 마에바시 연대로 옮겨가게 되었습니다, 어머니께도 안부 전해주세요, 라는 간단한 통지였다. 장교라 한들 그리 멋진 생활을 기대할 수는 없겠지만, 그래도 매일매일 엄격하게 낭비 없이 생활하는 그 규율이 부럽다. 언제나 몸이 딱딱 정해져 있으니 마음은 편할 것 같다. 나는 아무것도 하기 싫으면 그냥 아무것도 안해도 되고, 아무리 나쁜 일이라고 해도 뭐든 할 수 있는 상태에 있고, 또 공부하고자 하면 무한대라고 해도 좋을 만큼 공부할 시간이 있고, 욕심을 부린다면 불가능해 보이는 소망이라도 이룰 것 같은 기분이 드는데, 여기서부터 여기까지라는 노력의 한계가 주어진다면 얼마나 마음 편할지 모르겠다. 몸을 단단히 구속해주면 오히려 고마운 일이다. 전쟁터에서 싸우는 군인들의 욕망은 단 하나, 푹 자고 싶은 욕망뿐이라는 말이 어느 책엔가 쓰여 있었는데, 그 군인들의 고생이 딱하면서도 한편으로는 정말 부럽게 여겨졌다. 불쾌하고 번잡한 마음과 상관없이 겉도는, 아무 근거도 없는 생각의 홍수와 깨끗이 결별한 채 그저 수면만을 갈망하는 상태는, 정말 깨끗하고 단순해서 생각만으로도 상쾌해진다. 나 같은 아이는 군대 생활이라도 해서 엄하게 단련되면, 조금은 성격이 똑 부러지는 아름다운 아가씨가 될 수 있을지도 모른다. 군대 생활을 하지 않아도 신짱처럼 솔직한 사람도 있는데, 나는 정말이지 몹쓸 여자다. 나쁜 아이다. 신짱은 준지의 남동생으로 나와 동갑인데, 왜 그렇게 착할까. 난 친척 중에서, 아니, 세상에서 신짱을 제일 좋아한다. 신짱은 눈이 보이지 않는다. 아직 젊은데 실명하다니, 이건 무슨 경우란 말인가. 이런 고요한 밤에 홀로 방에 있으면 어떤 기분이 들까? 우리는 외로울 때 책을 읽거나 경치를 바라보며 어느정도 외로움을 달랠 수 있지만 신짱은 그럴 수 없다. 그저 가만히 있을 뿐이다. 지금까지 남들보다 두배 더 열심히 공부하고 테니스와 수영도 잘하는 아이인데 지금 얼마나 쓸쓸하고 괴로울까? 어젯밤에도 신짱을 생각하면서 이불 속에 들어가 오분간 눈을 감았다. 잠자리에 들어 눈감고 있을 때조차 오분은 길고 가슴이 답답할 지경인데, 신짱은 아침이고 점심이고 저녁이고, 며칠이고 몇달이고, 아무것도 볼 수 없다. 불평을 하거나 짜증을 내거나 버릇없이 군다면 차라리 내 맘이 편할 텐데, 신짱은 아무 말도 하지 않는다. 신짱이 불평하거나 다른 사람 욕하는 걸 들어본 적이 없다. 게다가 늘 언제나 밝은 말씨에 순한 표정이다. 그게 더욱 내 마음을 찌릿하게 한다.

이런저런 생각을 하면서 응접실을 쓸고, 목욕물을 데운다. 목욕물을 데우며 귤 상자에 앉아서 타닥타닥 타오르는 석탄불에 의지해 학교 숙제를 다 끝낸다. 그래도 아직 목욕물이 데워지지 않아 『보쿠토 기담濹東綺譚』[8]을 다시 읽는다. 쓰여 있는 내용은 결코 불쾌하거나 더럽지 않다. 하지만 군데군데 작가의 잘난 척하는 게 눈에 띄어, 그게 어쩐지 진부하고 미덥지 못하다는 느낌을 준다. 작가가

---

8 나가이 가후(永井荷風, 1879~1959)가 1937년 발표한 소설로 화류계 여성과 문학인 남성의 교제를 그린 작품.

노인이어서 그런가? 그러나 외국 작가들은 아무리 나이가 들어도 더 대담하고 달콤하게 대상을 사랑한다. 그래서 오히려 불쾌하지 않다. 하지만 이 작품은 일본에서 평판이 좋은 부류의 소설이 아닌가. 비교적 거짓 없는 고요한 체념이 작품 밑바닥에 느껴져서 상쾌하다. 나는 이 작가의 작품 중에서도 이 소설이 가장 원숙한 풍미가 있어서 좋다. 이 작가는 책임감이 무척 강한 사람인 것 같다. 일본의 도덕에 지나치게 얽매이다보니 오히려 그것에 반발해서 이상하게 불쾌감을 줄 정도로 자극적인 작품이 많은 것 같다. 속정 깊은 사람들에게 흔히 나타나는 위악적 취미. 일부러 악랄한 도깨비 가면을 써서 그걸로 오히려 작품을 나약하게 만든다. 하지만 『보쿠토 기담』에는 외로움이 깃든, 꿈쩍도 하지 않는 강함이 있다. 그래서 나는 이 작품이 좋다.

목욕물이 데워졌다. 욕실 전등을 켜고 기모노를 벗었다. 창을 활짝 열고는 가만히 욕조에 몸을 담근다. 푸른 산호수 잎이 창문으로 엿보이는데 잎들이 저마다 전등빛을 받아서 강렬하게 빛나고 있다. 하늘에는 별이 반짝반짝. 아무리 다시 봐도, 반짝반짝. 위를 향해 누워 멍하니 있으려니 일부러 본 건 아니지만, 내 몸의 뽀얀 빛깔이 어렴풋이 느껴져 시야의 한 지점에 정확하게 들어온다. 또 가만히 있다보니, 어린 시절의 하얀 피부와는 다르게 느껴진다. 더는 참을 수 없다. 육체가 내 기분과는 상관없이 저절로 성장해가는 것이 견딜 수 없이 곤혹스럽다. 부쩍부쩍 어른이 되어가는 자신을 주체할 수가 없어서 슬프다. 될 대로 되라며 내버려두고 잠자코 내가 어른이 되어가는 걸 지켜보는 수밖에 없는 걸까. 언제까지나 인형 같은 몸이고 싶다. 목욕물을 첨벙첨벙 휘저으며 아이 같은 행동을 해봐도, 어쩐지 마음이 무겁다. 앞으로 살아갈 이유가 없는 것 같은 기분이 들어 괴롭다. 마당 건너편에 있는 공터에서 누나! 하고 울먹이며 부르는 이웃 아이의 목소리에 깜짝 놀란다. 나를 부르는 건 아니지만 지금 저 아이가 울면서 쫓아다니는 그 '누나'가 부러웠다. 내게도 저렇게 나를 따르고 어리광 부리는 남동생이 하나 있었더라면 이렇게 하루하루를 꼴사납게 갈팡질팡하며 살진 않았을 거다. 사는 데 꽤 의욕도 생기고, 한평생 남동생에게 봉사하는 데 힘쓰리라는 각오도 할 수 있겠지. 정말 아무리 괴로운 일이라도 견뎌볼 텐데. 혼자서 한껏 허세를 부렸던 내가 몹시 가여워졌다.

목욕을 마치고 나서 오늘 밤 왠지 별이 마음에 걸려 마당에 나가본다. 별이 쏟아질 것 같다. 아아, 벌써 여름이 다가왔다. 개구리가 여기저기서 울고 있다. 보리가 바람에 사각거리며 일렁인다. 몇번을 올려다보아도 별이 하늘 가득 빛나고 있다. 작년, 아니 작년이 아니지, 벌써 재작년이 되어버렸다. 내가 산책 가고 싶다고 떼를 쓰자 아빠는 몸이 아픈데도 함께 산책을 가주셨다. 언제나 젊었던 아빠, 「너는 100까지, 나는 99까지」라는 독일어 노래를 가르쳐주시기도 했고, 별 이야기를 하기도 했고, 즉흥시를 지어 보여주기도 했고, 지팡이를 짚고 침을 퉤퉤 뱉으면서 여느 때처럼 눈을 깜빡거리며 함께 걸어주셨던 좋은 아빠. 가만히 별을 올려다보고 있자니 아빠가 또렷이 생각난다. 그때로부터 일년, 이년이 지나고, 나는 점점 더 못된 딸이 되어버렸다. 혼자만의 비밀을 아주 많이 갖게 되었어요.

방으로 돌아와 책상 앞에 앉아서 턱을 괸 채 책상 위에 놓인 백합꽃을 바라본다. 좋은 향기가 난다. 백합 향기를 맡고 있으면 이렇게 혼자 심심하게 있어도 결코 나쁜 마음이 생기지 않는다. 이 백합은 어제저녁에 역 근처까지 산책 갔다가 돌아오는 길에 꽃집에서 한송이 사온 건데 그뒤로 내 방은 전혀 다른 방처럼 상쾌해졌다. 장지문을 드르륵 열면 벌써 백합 향기가 상쾌하게 느껴져 얼마나 기분 좋은지 모른다. 이렇게 가만히 보고 있노라면 정말 솔로몬의 영광[9] 그 이상이라고 생생하게 육체적으로 느끼고 수긍하게 된다. 문득 작년 여름 야마가타에서 있었던 일이 생각난다. 산에 갔을 때 낭떠러지 중턱에 백합이 흐드러지게 피어 있는 것에 놀라 꿈꾸는 것만 같았다. 하지만 그렇게 경사

9 신약성서 「마태복음」 6장 29절, "솔로몬의 모든 영광으로도 입은 것이 이 꽃 하나만 같지 못하였느니라".

가 심한 낭떠러지 중턱에는 절대로 기어올라갈 수 없다는 걸 알고 있었기 때문에 아무리 마음이 끌려도 그저 바라보고 있을 수밖에 없었다. 그때 마침 근처에 있던 낯선 광부가 말없이 저벅저벅 절벽을 기어올라가 눈 깜짝할 사이에 양손으로 다 안지 못할 만큼 백합꽃을 꺾어 가지고 왔다. 그러고는 조금도 웃지 않고 그것을 전부 다 내게 주었다. 그야말로 두 팔 가득 한아름이었다. 아무리 호화로운 무대나 결혼식장이라 하더라도, 이렇게 많은 꽃을 받아본 사람은 없을 것이다. 꽃 때문에 현기증이 나는 것을 그때 처음 경험했다. 그 새하얗고 거대한 꽃다발을 양팔 벌려 겨우 안았더니 앞이 하나도 보이지 않았다. 친절하고 정말 감동적인 젊고 착실한 그 광부는 지금 어떻게 지내고 있을까? 위험한 곳에 가서 꽃을 꺾어다준 것, 단지 그것뿐이지만 백합을 보면 꼭 그 광부가 생각난다.

책상 서랍을 열어 뒤적거리니 작년 여름에 쓰던 부채가 나왔다. 흰 종이에 겐로쿠元祿 시대[10]의 여자가 얌전치 못한 자세로 앉아 있고, 그 옆에 파란 꽈리 두개가 같이 그려져 있다. 그 부채를 보니 작년 여름에 있었던 일이 연기처럼 피어오른다. 야마가타에서의 생활, 기차 안, 유카타, 수박, 강, 매미, 풍령風鈴. 갑자기 이걸 들고 기차 타고 싶어진다. 부채를 펼치는 느낌이 정말 좋다. 부챗살이 홀홀 풀어져서 갑자기 두둥실 가벼워진다. 뱅글뱅글 돌리며 놀고 있는데, 엄마가 돌아왔다. 기분이 좋아 보인다.

"아아, 진짜 피곤하구나, 피곤해" 하면서도 그렇게 불쾌한 얼굴은 아니다. 남의 일 해주는 걸 좋아하니 어쩔 수가 없다.

"아무튼 얘기가 복잡해서 말이야" 등 중얼거리며 옷을 갈아입고 목욕하러 들어간다.

목욕을 마치고서 나와 둘이 차를 마시는데 이상하게 싱글벙글 웃어서 엄마가 무슨 얘기를 꺼내나 싶었다.

"너 요전부터 「맨발의 소녀」를 꼭 보고 싶다고

---

10 1688년부터 1704년까지로, 문화가 융성하고 정치적 안정을 이룬 시기.

했지? 그렇게 가고 싶으면 가도 돼. 그 대신 오늘 밤엔 엄마 어깨 좀 주물러주렴. 일하고 나서 가는 거면 훨씬 더 즐겁겠지?"

난 정말 기뻐서 참을 수가 없었다. 「맨발의 소녀」라는 영화를 보고 싶었지만, 요즘 나는 놀기만 했기 때문에 참고 있던 터였다. 엄만 그런 내 마음을 제대로 헤아리고 내게 일을 시켜 내가 당당하게 영화를 보러 갈 수 있게 해준 거다. 정말이지 기뻤고, 엄마가 좋아서 나도 모르게 웃고 말았다.

밤에 엄마와 이렇게 단둘이 있는 것도 꽤 오랜만인 것 같다. 엄마는 사람 만날 일이 많기 때문이다. 엄마는 세상 사람들에게 무시당하지 않으려고 여러모로 애쓰고 있는 걸 거야. 이렇게 어깨를 주무르면 엄마의 피로가 내 몸에 전해질 정도로 잘 느껴진다. 잘해드려야겠다고 생각한다. 아까 이마이다 씨가 왔을 때 엄마를 몰래 원망했던 일이 부끄러워진다. 죄송해요, 하고 입속으로 작게 말해본다. 나는 언제나 나 자신만 생각하고 엄마한테 예전처럼 마음속으로 어리광을 부리고 무례한 태도를 취한다. 그럴 때마다 엄마가 얼마나 마음 아프고 괴로울지 그런 건 전혀 모른 척하는 나다. 아빠가 돌아가시고 나서 엄마는 정말로 약해져 있다. 정작 나는 괴롭다는 둥, 짜증난다는 둥 하면서 엄마한테 완전히 의지하는 주제에, 엄마가 조금이라도 내게 기대기라도 하면 불쾌하고 지저분한 것을 본 듯한 기분이 든다는 건 정말 버릇없는 경우이다. 엄마와 나는 역시 똑같이 연약한 여자이다. 앞으로는 엄마와 둘만의 생활에 만족하고, 언제나 엄마 기분을 헤아려 옛날이야기도 하고 아빠 이야기도 하면서, 단 하루라도 좋으니 엄마가 중심이 되는 날을 만들고 싶다. 그렇게 해서 멋지게 사는 보람을 느끼고 싶다. 마음속으로는 엄마를 걱정하고 착한 딸이 되려고 하지만, 행동이나 말로 드러나는 나는 제멋대로 구는 아이일 뿐이다. 게다가 나는 요즘 아이처럼 순수한 구석이 없다. 지저분하고 부끄러운 일뿐이다. 괴롭다는 둥, 고민스럽다는 둥, 외롭다는 둥, 슬프다는 둥 하는데 도대체 그게 뭐란 말이야. 확실히 말한다면, 죽음이다. 잘 알고 있으면서 한마디도 그것과 비슷한 명사 하나 형용사 하나 말 못하지 않는가. 그냥 길팡질팡하다가 결국은 버럭 화를 내니, 마치 뭐 같다. 옛날 여자들은 노예라느니, 자신을 무시하는 버러지 같은 사람이라느니, 인형이라느니 하는 욕을 듣긴 했지만, 지금의 나 같은 사람보다 훨씬 더 좋은 의미의 여성스러움이 있었고, 마음의 여유도 있었으며, 잘 참고 따를 수 있는 지혜도 있었다. 그뿐만 아니라 순수한 자기희생의 아름다움도 알고 있었고, 완전 무보수 봉사의 기쁨도 알고 있었다.

"아아, 훌륭한 안마사네. 천재구나."

엄마는 여느 때처럼 나를 놀린다.

"그렇죠? 마음이 담겨 있으니까. 하지만 내 장점은 온몸을 주무르는 것, 그것만이 아니에요. 그것만으론 뭔가 부족해요. 더 좋은 점도 있는걸요."

생각한 바를 솔직하게 그대로 말했더니, 그건 내 귀에도 굉장히 상쾌하게 들렸다. 근래 이삼년 동안 내가 이렇게 말을 가식 없이 시원시원하게 했던 적은 없다. 자신의 분수를 확실히 알고 포기했

을 때 비로소 평온하면서 새로운 자신이 태어나는
지도 모른다고 기쁘게 생각했다.

오늘 밤에는 엄마에게 여러가지 의미로 보답할
것도 있어 안마를 끝내고 덤으로 『쿠오레』[11]를 읽
어드렸다. 엄마는 내가 이런 책을 읽는다는 걸 알
자, 역시 안심하는 듯한 표정을 지었다. 하지만 전
에 케셀의 『메꽃』[12]을 읽고 있을 땐 가만히 내게서
책을 빼앗아 표지를 흘끗 보더니, 몹시 어두운 표
정으로 잠자코 그대로 책을 돌려주었다. 그러자 나
도 왠지 싫어져 그 책을 읽고 싶은 마음이 없어져
버렸다. 엄마는 『메꽃』을 읽은 적이 없었을 텐데도
직감으로 아는 것 같았다. 고요한 밤중에 혼자 소
리 내어 『쿠오레』를 읽으니 내 목소리가 아주 크고
바보같이 울린다. 읽으면서 가끔 시시하게 느껴져

11 이탈리아 작가 에드몬도 데 아미치스(Edmondo De Amicis,
    1846~1908)가 1886년에 발표한 아동문학 작품으로, 소년 엔리
    코의 일상생활을 통하여 인간애와 조국애를 그렸다.
12 프랑스 작가 조제프 케셀(Joseph Kessel, 1898~1979)이 1928년
    에 출간한 소설로 원제는 'Belle de jour'이다. 상류사회 여성의
    성적 일탈을 그렸다.

엄마한테 부끄러웠다. 주위가 너무나 조용하니 바보 같음이 더 두드러진다. 『쿠오레』는 언제 읽어도 어렸을 때와 조금도 다름없는 감동을 주어 내 마음이 솔직해지고 깨끗해지는 기분이 들어서 좋지만, 아무래도 소리 내어 읽으면 눈으로 읽는 것과는 상당히 느낌이 달라서 놀랍고 난처해진다. 하지만 엄마는 엔리코가 나오는 부분과 가로네가 나오는 장면에서 고개 숙여 울었다. 우리 엄마도 엔리코의 엄마처럼 훌륭하고 아름다운 엄마다.

엄마가 먼저 잠이 들었다. 오늘 아침 일찍부터 외출해서 무척 피곤한 것 같다. 이불을 똑바로 덮어주고, 이불 끝자락을 탁탁 두드려준다. 엄마는 언제나 잠자리에 들면 금방 눈을 감는다.

그리고 나서 나는 욕실에서 빨래를 했다. 요즘 이상한 버릇이 생겨서 12시쯤 되어 빨래를 시작한다. 낮에 철벅철벅 시간을 낭비하는 게 아깝다는 생각이 들긴 하지만 그 반대일지도 모른다. 창문에 달님이 보인다. 쪼그려 앉아 박박 문질러 빨면서 달님에게 살짝 미소를 던진다. 달님은 모르는 척하는 얼굴을 하고 있다. 문득 지금 이 순간 어딘가에 있을 불쌍하고 외로운 여자아이가 나와 똑같이 이렇게 빨래를 하면서 달님을 향해 가만히 웃었다고, 틀림없이 웃었다고 믿게 되었는데, 먼 시골에 있는 산꼭대기 외딴집, 깊은 밤 뒷마당에서 조용히 빨래하는 괴로운 여자아이가 지금 있는 것이다. 그리고 파리의 뒷골목에 있는 지저분한 아파트의 복도에서 역시 내 또래의 여자아이가 혼자 조용히 빨래하며 이 달님에게 웃어 보였을 거라고 조금도 의심 없이, 망원경으로 샅샅이 보고 만 것처럼, 색채까지 선명하고 뚜렷하게 떠오르는 것이다. 우리의 고통은 정말 아무도 모르는 것. 이제 곧 어른이 되면, 우리의 괴로움과 외로움은 우스운 거였다고 아무렇지도 않게 추억할 수 있을지 모르지만 그래도 완전히 어른이 되기까지의 그 길고 짜증나는 시간을 어떻게 살아가면 좋을까. 아무도 가르쳐주지 않는다. 그냥 내버려둘 수밖에 없는, 홍역 같은 병인 걸까. 하지만 홍역으로 죽는 사람도 있고, 홍역으로 실명하는 사람도 있다. 내버려두어서는 안된다. 우리는 이렇게 매일 우울하기도 하고, 화가 나서 발끈하기도 한다. 그중에는 발을 잘못 디뎌 아주 타락해서는 돌이킬 수 없는 몸이 되어 한평생 엉망진창으로 보내는 사람도 있다. 또 눈 딱 감고 과감히 자살해버리는 사람도 있다. 그런 일이 벌어지고 나서 세상 사람들이 아아, 조금 더 살면 알 텐데, 조금 더 커서 어른이 되면 자연히 알게 될 일인데,라고 아무리 아쉬워한들 당사자 입장에서 보면 너무나 괴롭고, 그래도 겨우 어떻게든 참고 뭔가 세상 이야기를 듣고 또 들으려고 열심히 귀를 기울여도, 역시 세상 사람들은 뭔가 탈 없고 무난한 교훈을 되풀이하며 자, 자, 원래 다 그런 거야, 괜찮아, 하고 달랠 뿐, 우리들을 언제까지나 부끄럽게 여기며 내팽개친다. 우린 결코 찰나주의가 아니긴 하지만, 너무나 먼 산을 손가락으로 가리키면서 저기까지 가면 전망이 좋다고들 한다. 물론 그건 틀림없이 말 그대로 추호의 거짓도 없다는 걸 알지만, 현재 이렇게 격렬한 복통을 일으키고 있는데 그 복통에 대해서는 보고도 못 본 척하면서 그저 자, 자, 조금만 더 참아, 저 산의 정상까지 가면 끝이야,라고 단지 그것만 가르칠 뿐이다. 틀림없이 누군가가 잘못하고 있다. 나쁜 건 당신이다.

빨래를 마치고, 욕실 청소를 하고, 그러고 나서 가만히 장지문을 여니 백합 향기가 풍겨온다. 가슴이 상쾌하다. 마음 깊은 곳까지 투명해져서 숭고한 허무라고 할 만한 상태가 되었다. 조용히 잠옷으로 갈아입는데 새근새근 자는 줄로만 알았던 엄마가 눈을 감은 채 갑자기 말을 해서 흠칫 놀랐다. 엄마는 가끔 이런 식으로 나를 놀라게 한다.

"여름 구두가 필요하다고 해서 오늘 시부야에 간 김에 보고 왔어. 구두가 비싸졌더라."

"괜찮아요. 그렇게 갖고 싶진 않은데."

"그래도, 없으면 곤란하잖니?"

"응."

내일도 역시 똑같은 날이 오겠지. 행복은 평생 동안 오지 않는 것이다. 그건 알고 있다. 하지만 틀림없이 온다. 내일 올 거라고 믿고 자는 게 좋을 거야. 일부러 털썩, 큰 소리를 내며 이불 위로 쓰러진다. 아아, 기분 좋다. 이불이 차가워서인지 등에 적당히 서늘한 기운이 퍼져 순간 황홀해진다. 행복은 하룻밤 늦게 온다. 멍하니 그런 말을 떠올린다. 행복을 하염없이 기다리다가 결국 참지 못하고 집을 뛰쳐나갔는데, 이튿날 행복을 알려주는 기분 좋은 소식이 버리고 나간 집에 찾아온다. 하지만 때는 이미 늦었다. 행복은 하룻밤 늦게 찾아온다. 행복은——

마당을 걷는 가아의 발소리가 난다. 콩콩콩콩, 가아의 발소리에는 특징이 있다. 오른쪽 앞발이 조금 짧고, 게다가 앞다리는 O자 모양의 게 다리여서 발소리에도 쓸쓸한 특징이 있다. 이런 한밤중에 자주 정원을 돌아다니는데 뭘 하는 걸까. 가아는 불쌍하다. 오늘 아침엔 못살게 굴었지만 내일은 귀여워해줄게요.

난 슬픈 버릇을 갖고 있어서 얼굴을 두 손으로 완전히 푹 가리지 않으면 잠들지 못한다. 얼굴을 감싸고 가만히 있는다.

잠들 때의 기분은 참 이상하다. 붕어나 장어가

낚싯줄을 쭉쭉 잡아당기듯 무언가 무거운 납덩이 같은 힘이 줄로 내 머리를 확 잡아당기고, 내가 스르르 잠이 들려고 하면 또다시 줄을 조금 느슨하게 한다. 그러면 나는 퍼뜩 정신을 차린다. 또 쭈욱 잡아당긴다. 스르르 잠든다. 또 살짝 줄을 풀어준다. 그런 걸 세번인가 네번 되풀이하고 나서야 비로소 힘차게 쭈욱 잡아당기는데, 이번엔 아침까지다.

안녕히 주무세요. 저는 왕자님이 없는 신데렐라 공주. 제가 도쿄 어디에 있는지 알고 계시나요? 이젠, 두번 다시 뵙지 않겠어요.

아무도 모른다　誰も知らぬ

아무도 모르는 일인데요—라며 마흔한살 야스이 부인은 미소를 살짝 띠고 이야기한다—이상한 일이 있었습니다. 제가 스물세살 되던 해 봄의 일이니 벌써 이래저래 이십년 가까이 된 옛이야기군요. 간토 대지진이 있기 바로 전의 일이지요. 그때나 지금이나 도쿄 우시고메 주변은 별로 바뀌지 않았습니다. 중심가가 조금 확장되었는데 저희 집 정원도 반 정도 없어져 도로가 되고 말았지요. 연못이 있었지만 그것도 메워졌어요. 변했다고 해봤자 이 정도로, 지금도 여전히 2층 툇마루에서는 후지산이 정면으로 보이고 병사들의 나팔소리도 아침저녁으로 들려온답니다. 아버지는 나가사키현의 지사로 계셨을 때 초빙되어 이쪽 구청장으로 취임

하셨습니다. 그때는 제가 꼭 열두살이던 해 여름으로 어머니도 그 당시엔 살아 계셨습니다. 아버지는 도쿄 우시고메에서 태어나셨고, 할아버지는 리쿠추 모리오카 사람입니다. 할아버지는 젊었을 적에 홀로 훌쩍 도쿄로 오셔서 반은 정치가, 반은 장사꾼이라는 뭔가 미덥지 못한 일을 하셨는데, 뭐, 사업가라고나 할까요, 어쨌든 성공해서 중년에 우시고메의 이 큰 저택을 사서 정착할 수 있었다고 합니다. 진짜인지 거짓말인지 모르겠지만 아주 오래전 도쿄 역에서 암살당한 정치가 하라 다카시와 같은 고향 출신으로 할아버지 쪽이 연배로 보나 정치 경력으로 보나 훨씬 선배였기 때문에 할아버지는 하라 다카시를 수하에 두었다고 합니다. 그가 장관이 된 후에도 매년 설날에는 우시고메 집으로 신년 인사를 하러 찾아왔다고 하는데, 이건 정말이지 믿을 수가 없습니다. 왜냐하면 할아버지가 제게 그런 말씀을 하신 것이 제가 열두살 때, 부모님과 함께 처음 도쿄의 이 집으로 돌아왔을 때로, 할아버지는 이때껏 홀로 우시고메에 남아 지내오셨지만, 이미 여든이 넘은 꾀죄죄한 노인이었기 때문입니다. 저는 그때까지 공무원인 아버지를 따라 우라와, 고베, 와카야마, 나가사키 등 여기저기를 옮겨다녔고, 태어난 곳도 우라와의 관사였습니다. 도쿄의 이 집에 놀러 온 적도 사실 몇번 안되어서 할아버지에 대해서는 친밀감이 옅었습니다. 열두살 때 처음 이 집에 정착해 할아버지와 함께 살게 되었지만, 할아버지가 왠지 모르게 남 같았고, 꾀죄죄한데다가 할아버지 말에는 아주 심한 도호쿠 지방 사투리가 있어서 뭐라고 말씀하시는지 도통 알아들을 수가 없어 더욱더 친근감이 사라지고 말았습니다.

제가 할아버지를 전혀 따르지 않았기 때문에 할아버지는 이것저것 여러 방법을 동원해 제 비위를 맞춰주시곤 했습니다. 하라 다카시의 이야기도 그런 것으로, 여름밤에 마당의 평상에서 책상다리를 턱 하고 앉으신 상태로 팔꿈치를 쭉 펴 부채질을 하면서 들려주셨지요. 하지만 저는 금방 따분해져서 일부러 과장되게 하품을 했습니다. 그러자 할아버지는 힐끗 곁눈질로 보시더니 급히 어조를 바꾸어, 하라 다카시는 재미가 없으니, 좋아, 그러면 옛날 우시고메 7대 불가사의 얘기를 해야겠군, 옛날 옛날에, 하시며 나직한 목소리로 이야기를 시작하셨습니다. 왠지 교활하다는 느낌이 들었습니다. 하라 다카시 이야기도 믿을 수 없었습니다. 나중에 아버지께 여쭈어보니 조금 씁쓸하게 웃으시며, 한번쯤 이 집에 왔을지도 모르지, 할아버지는 거짓말을 안하신단다, 하고 다정하게 일러주시며 제 머리를 쓰다듬어주셨습니다. 할아버지는 제가 열여섯 살 때 돌아가셨습니다. 좋아하지 않았던 할아버지였지만 저는 장례식 날 많이 울었습니다. 장례식이 아주 성대했기 때문에 흥분해서 울었는지도 모릅니다. 장례식 이튿날 학교에 가니 선생님들이 모두 저에게 조의를 표하셨고, 저는 그때마다 울었습니다. 친구들로부터도 뜻밖의 동정을 받아 저는 아주 당혹스러웠습니다. 저는 이치가야의 여학교를 걸어서 다녔는데, 그 무렵 저는 어린 공주처럼 과분하리만큼 행복했습니다. 저는 아버지가 마흔살에 우라와의 학무부장을 맡고 계실 때 태어났고,

그뒤로도 아이가 저 혼자였기 때문에 아버지와 어머니는 물론이거니와 주위 사람들에게서도 넘치도록 사랑을 받았습니다. 저 스스로는 소심하고 외로움을 타는 불쌍한 아이라고 생각했지만, 지금 돌이켜보면 역시나 제멋대로인 건방진 아이였던 것 같습니다. 이치가야의 여학교에 들어가자마자 세리카와라는 친구가 생겼습니다. 그 당시에는 그래도 세리카와랑 원만하게 잘 지낸다고 생각했지만, 그역시 지금 생각해보면 저는 심하게 우쭐대었고, 귀찮지만 친절하게 대해주지, 하는 식으로 남들 눈에 비쳤을지도 모르겠네요. 또 세리카와는 제가 하는 말을 아주 순순히 다 믿고 따라주어서 자연히 주인과 하인 같은 관계가 되고 말았죠. 세리카와의 집은 저희 집 바로 맞은편이었어요. 아실지 모르겠지만 가게쓰도라는 과자점이 있었어요. 네, 지금도 옛날과 다름없이 번창하고 있어요. 이자요이 모나카라고 해서 밤이 들어간 모나카가 옛날부터 그 가게의 자랑이었지요. 지금은 벌써 대가 바뀌어, 세리카와의 오빠가 가게쓰도의 주인이 되어 아침부터 밤까지 열심히 일하고 있답니다. 안주인도 매우 부지런한 사람으로 언제나 계산대에 앉아서 전화 주문을 받고 알아서 척척 어린 점원들에게 일을 시킵니다. 저와 친구였던 세리카와는 여학교를 나온 지 삼년 만에 좋은 사람을 만나 시집가버렸습니다. 지금은 아마 조선의 경성인가 하는 곳에 있는 것 같습니다. 벌써 이십년 가까이 못 만났습니다. 남편은 미타의 의숙'을 나온 말쑥한 사람으로 경성에서 지금 꽤 큰 신문사를 운영하고 있다고 해요. 세리카와와 저는 여학교를 졸업한 후에도 꾸준히 만났는데, 만난다고 해도 제가 세리카와 집에 놀러간 적은 한번도 없고 언제나 세리카와 쪽에서 저를 찾아왔습니다. 화제는 대부분 소설이었어요. 세리카와는 학교 다닐 때부터 나쓰메 소세키와 도쿠토미 로카의 책을 애독했고 글도 어른스럽게 잘 썼지만, 저는 그 방면에 도무지 소질이 없었어요. 도저히 흥미를 갖지 못했지요. 그래도 학교를 졸업한

I 도쿄 미타에 있는 게이오 대학을 가리킨다.

후엔 따분하기도 해서 가끔 세리카와가 가지고 오는 소설책을 빌려 읽곤 했는데 그러면서 소설의 재미를 조금 알게 되었습니다. 하지만 제가 재미있다고 생각한 책은 세리카와가 그다지 좋아하지 않았고, 세리카와가 좋다고 한 책은 제가 의미를 잘 이해할 수 없었습니다. 저는 모리 오가이의 역사소설을 좋아했는데, 세리카와는 저를 아주 진부하다며 비웃었습니다. 그리고 모리 오가이보다는 아리시마 다케오 쪽이 훨씬 깊이가 있다며 그 사람의 책을 두어권 가져다주었습니다. 그러나 제가 읽긴 했지만 조금도 이해할 수 없었습니다. 지금 읽으면 또다른 느낌을 받을지 모르겠지만, 어쩐지 그 아리시마라는 작가는 어떻게 해도 좋을 듯한 논리만 많아서 제게는 재미가 없었습니다. 분명 제가 속물인 탓이겠지요. 그 무렵 신진 작가로 무샤노코지 사네아쓰라든가 시가 나오야 그리고 다니자키 준이치로, 기쿠치 간, 아쿠타가와 류노스케 등 많이 있었지만, 저는 그중에서 시가 나오야와 기쿠치 간의 단편소설을 좋아했습니다. 그 때문에 또 세리카와로부터 사상이 빈약하다는 말을 듣고 비웃음을 샀습니다. 그러나 저는 지나치게 논리가 많은 작품이 싫었습니다. 세리카와는 올 때마다 신간 잡지나 소설집을 가져와서 제게 책의 줄거리나 작가들의 소문 등 여러 얘기를 들려주었는데, 아무래도 지나치게 열중하고 있어서 이상하다 싶던 참에, 어느 날 세리카와는 그 열중하고 있는 게 무엇인지 제게 들키고 말았습니다. 여자들은 서로 조금이라도 친해지면 금방 서로 앨범을 보여주곤 하는데, 언젠가 세리카와가 큰 사진첩을 가져와 보여준 적이 있었지요. 저는 귀찮을 정도로 구구절절한 세리카와의 설명을 적당히 맞장구치며 들었어요. 한장 한장 유심히 보고 있는데 그 가운데 굉장히 멋진 학생이 장미 화원을 배경으로 책을 들고 서 있는 사진이 있는 거예요. 저는, 어머 멋진 분이네, 하고 무심코 말해놓고 왠지 얼굴이 붉어졌답니다. 그런데 세리카와가 느닷없이 안돼! 하고 제게서 그 앨범을 획 낚아채버리기에 저는 바로 아하, 하고 알아차리게 되었습니다. 괜찮아, 이미 봐버렸으니까, 하고 제가 침착한 어조로 말하자 세리카와는 갑자기 기쁜 듯 싱글벙글 웃으며, 알고 있었어? 방심할 수가 없네, 정말이니? 사진 보고 금방 안 거야? 이미 여학교 시절부터야, 알고 있었구나 등의 말을 혼자 재빠르게 내뱉으면서 저는 하나도 알지 못했는데 죄다 이야기해주었습니다. 정말로 솔직하고 천진난만한 친구지요. 그 사진 속의 말끔한 학생과는 무슨 투고잡지의 애독자 통신란이라나 뭐라나, 그런 데가 있죠? 그 통신란에서 말을 주고받으며, 말하자면 뭐 서로 공감했다고 할까요. 속물인 저로서는 이해할 수 없었지만요. 그런 일이 있고부터 차츰 직접 펜팔을 하게 되었는데 여학교를 졸업하고 나서 급속도로 세리카와의 감정도 진전되어 결국 둘이서 마음을 정하게 되었다고 합니다. 상대방은 요코하마의 선박회사 집 차남인데 게이오 대학의 수재라는 둥, 나중에는 훌륭한 작가가 될 것이라는 둥 세리카와는 여러 이야기를 해주었습니다. 저는 너무나 무서운 일 같았고, 게다가 추잡스러운 느낌마저 들었습니다. 한편으로는 세리카와에게 질투가

나서 가슴이 답답하고 두근거렸지만 애써 얼굴에
나타내지 않으면서, 잘됐네, 근데 세리카와, 잘 생
각해서 결정해,라고 하자 세리카와는 민감하게 듣
고 발끈 화가 나 부루퉁해서는 넌 짓궂어, 가슴에
칼을 품고 있어, 언제나 나를 차갑게 경멸하고 있
는 디아나²야, 넌, 하고 전에 없이 강하게 저를 공
격하기에 저는, 미안, 경멸 같은 거 하지 않아, 차갑
게 보여서 손해를 보지만 그건 나의 천성이야, 언
제나 사람들로부터 오해를 사지, 나는 정말 너희가
걱정돼서 그러는 거야, 어쩌면 상대가 아주 근사해
서 널 부러워하는 건지도 모르고, 하고 생각한 바
를 그대로 말했더니 세리카와는 기분이 환하게 바
뀌더니, 그런 거였구나, 나, 우리 오빠한텐 이 일을
다 털어놨는데, 오빠 역시 너랑 비슷한 말을 하면
서 절대 반대라더라, 좀더 진실되고 평범한 결혼을
하라는 거지, 하긴 오빠는 아주 철저한 현실주의자
이니 그렇게 말하는 것도 무리는 아니야, 그러나

---

2 로마신화의 달의 여신으로, 그리스신화의 아르테미스에 해당
한다.

난 오빠의 반대 따윈 신경 쓰지 않아, 내년 봄에 그 사람이 학교를 졸업하면 우리는 정식으로 결혼할 거야, 하며 귀엽게 양쪽 어깨를 으쓱하며 의기양양해했습니다. 저는 억지로 미소를 지으며 그저 고개를 끄덕이며 듣기만 했습니다. 그 친구의 순진함이 너무나 사랑스럽고 부럽다는 생각이 들면서 저의 진부하고 저속한 속물근성이 견딜 수 없이 추하게 느껴졌습니다. 그런 고백이 있은 후 세리카와와 저 사이는 예전만큼 원만하지는 않았지요. 여자란 참 이상해요. 둘 사이에 남자가 한명 들어오면 그때까지 아무리 친하게 지냈더라도 쌩하니 태도가 딱딱해지고 서먹해지니 말이에요. 아무리 그렇더라도 우리 사이가 그렇게 심하게 변한 건 아니었지만 서로 조심스러워했지요. 인사도 정중해지고 말수도 줄어들어 모든 게 소원해졌답니다. 어느 쪽이나 그 사진 일에 대한 이야기는 회피하게 되었습니다. 그러는 사이 한해가 저물어 저와 세리카와는 어느덧 스물세살의 봄을 맞이하게 되었습니다. 그리고 정확히 그해 3월 말의 일이었어요. 밤 10시쯤 제가 어머니와 둘이 방에서 아버지의 서지serge 옷을 꿰매고 있는데 하녀가 살짝 장지문을 열고 저를 손짓하며 불렀습니다. 나? 하고 눈짓으로 물으니 하녀는 진지한 얼굴로 두어번 작게 고개를 끄덕였습니다. 왜 그러니? 하고 어머니가 안경을 이마 쪽으로 밀어올리시며 하녀에게 묻자 하녀는 가볍게 기침을 하고서, 저기, 세리카와 씨의 오빠가 아가씨를 잠깐…… 하고 말하기 어렵다는 듯 또 두어번 기침을 했습니다. 저는 곧바로 일어나 복도로 나갔습니다. 이미 다 알 것 같았어요. 세리카와가 무슨 문제를 일으킨 것이 틀림없어, 분명 그런 걸 거야,라고 단정해버리고 응접실로 가려는데 하녀는, 아니, 부엌 쪽이에요,라고 나지막한 목소리로 말하더니, 자못 큰일로 긴장한 사람처럼 약간 허리를 굽히고 종종걸음으로 쓰윽 앞장서서 걸어갔습니다. 어슴푸레한 부엌 입구에 세리카와의 오빠가 싱긋 웃으며 서 있었습니다. 여학교에 다닐 때엔 세리카와의 오빠와 매일 아침저녁으로 인사를 나누었는데, 오빤 늘 가게에서 점원들과 함께 아주 부지런히 일하고 있었지요. 여학교를 졸업하고 나서도 오빠 일주일에 한번쯤 주문한 과자를 배달하러 우리 집에 오곤했기 때문에 저도 마음 편히 오빠, 오빠 하고 불렀습니다. 하지만 이렇게 늦게 저희 집에 온 적은 한번도 없었습니다. 그런데도 일부러 저를 몰래 부른건, 정말 세리카와의 그 문제가 폭발한 게 틀림없어,라는 생각에 가슴이 두근거려,

"세리카와는 요즘 통 못 만났어요"라고 아무것도 묻지 않았는데 제가 먼저 엉겁결에 말을 뱉고 말았습니다.

"너, 알고 있었니?" 하고 오빠는 순간 미심쩍은 표정을 지었습니다.

"아뇨."

"그래? 그 녀석이 없어졌어. 바보같이, 문학 따위 변변치 않은데. 너도 전부터 들어서 알고 있겠지?"

"네. 그건……" 소리가 목에 걸려 당혹스러웠습니다. "알고 있었어요."

"도망가버렸어. 그렇지만 대강 있을 만한 곳은

알아. 너에게 그 녀석이 최근 아무 이야기도 없었
니?"

"네. 최근 제게 아주 서먹하게 굴더라고요. 저,
어찌된 일일까요. 좀 올라오지 그러세요. 이런저런
이야기를 나누고 싶은데."

"응, 고마워. 그런데 계속 여기에 있을 수가 없
어. 지금 당장 그 녀석을 찾으러 가야 돼." 그러고
보니 오빠는 양복을 단정하게 차려입고 트렁크를
손에 들고 있었습니다.

"짐작 가는 데가 있나요?"

"응, 알고 있어. 녀석들을 마구 두들겨 패준 다
음 결혼시켜야지."

오빠는 그렇게 말하더니 태평스럽게 웃으며 돌
아갔고, 저는 부엌문 앞에 선 채 멍하니 배웅했습
니다. 방으로 돌아가니 어머니가 궁금하다는 듯한
얼굴을 하셨지만 못 본 척하며 조용히 앉아 꿰매다
만 소매를 두세땀 꿰맸습니다. 그러다가 다시 살그
머니 복도로 나와 종종걸음으로 부엌문으로 달려
가 게다를 아무렇게나 신고는, 내 꼴이야 어떻게

되든 상관없이 정신없이 마구 내달렸습니다. 어떤 기분이었을까요. 전 아직도 모르겠어요. 오빠를 따라가서 죽을 때까지 떨어지지 말아야지,라는 각오를 했습니다. 세리카와의 가출사건 따윈 애당초 제게는 문제가 되지 않았습니다. 단지, 오빠를 한번만 더 보고 싶어, 그럼 어떤 일이라도 할 수 있을 텐데, 오빠랑 둘이서라면 어디든 갈 수 있어, 이대로 절 데리고 도망가주세요, 절 오빠 마음대로 해주세요,라는 저 혼자만의 생각이 느닷없이 그날 밤 내내 활활 타올라 어두운 골목골목을 개처럼 잠자코 달렸습니다. 때로는 발이 걸려 비틀거렸지만 앞섶을 여미고는 다시 아무 말 없이 계속 달렸습니다. 눈물이 마구 솟구쳐 지금 생각하면 뭐랄까, 지옥의 밑바닥에 떨어진 듯한 기분이었어요. 이치가야 부근의 시영 전차 정류장에 다다랐을 때에는 숨쉬는 것조차 곤란할 정도로 몸이 힘들었고, 눈앞이 몽롱하니 어두웠습니다. 분명 정신을 잃기 일보직전의 상태였습니다. 정류장에는 사람 그림자 하나 없었습니다. 지금 막 전차가 지나간 것 같았습니다. 저는 마지막 하나의 염원으로, 오빠! 하고 힘껏 목소리를 쥐어짜서 불러보았습니다. 하지만 쥐 죽은 듯 조용했습니다. 저는 가슴에 양 소매를 모은 채 돌아왔습니다. 도중에 옷매무새를 가다듬고 집으로 돌아와 조용하게 방 장지문을 열자 어머니가, 무슨 일 있었니? 하고 물으시며 수상한 듯이 제 얼굴을 보시기에, 네, 세리카와가 없어졌다고 하는데 큰일이에요, 하고 아무렇지도 않은 척 대답하고는 다시 바느질을 시작했습니다. 어머니는 무언가 계속해서 물어보고 싶어했으나 고쳐 생각하신 듯 잠자코 바느질을 계속하셨습니다. 그뿐입니다. 세리카와는 앞에서도 말씀드렸지만, 미타의 의숙 출신의 그 사람과 축복받으며 결혼해서 지금은 조선에 있는 모양입니다. 저도 이듬해 지금의 남편을 만났습니다. 세리카와의 오빠와는 그후에 만나도 특별한 느낌은 없었습니다. 지금은 가게쓰도의 주인으로 예쁘고 아담한 안주인을 맞아들여 가게가 매우 번창하고 있답니다. 지금도 계속 일주일에 한번쯤 남편이 주문한 과자를 가지고 오지요. 별로 달라진 것은 없어요. 저는 그날 밤, 바느질을 하면서 깜빡 잠이 들어 꿈을 꾼 건 아닐까요. 그런데 꿈이라고 하기엔 너무나 기억이 또렷해요. 당신은 이해되나요? 거짓말 같은 이야기지요. 그렇지만 이건 비밀로 해주세요. 딸이 벌써 여학교 3학년이 되니까요.

눈 오는 밤 이야기 雪の夜の話

어느날, 아침부터 눈이 내렸어요. 아주 오래전부터 만들어온 쓰루(조카)의 몸뻬가 완성되어 학교에서 돌아오는 길에 전해주려고 나카노에 사는 숙모 집에 들렀답니다. 마른 오징어 두마리를 선물로 받고 기치조지 역에 도착했을 때에는 벌써 날이 어둑어둑해 있었어요. 눈은 일척 이상이나 쌓이고도 쉼 없이 소복소복 내렸지요. 저는 장화를 신고 있었기에 오히려 신바람이 나서 일부러 눈이 많이 쌓인 곳을 골라 걸어다녔어요. 그런데 집 근처 우체통까지 와서 옆구리에 끼고 있던, 신문지로 싼 오징어가 없어진 것을 알아차렸어요. 제가 좀 매사에 느긋하고 털털하긴 해도 물건을 잃어버리는 일은 별로 없는데, 그날 밤에는 수북이 쌓인 눈에 한껏 흥분해서 깡충거리며 걸었던 탓일까요, 그만 잃어버리고 말았어요. 저는 잔뜩 풀이 죽었습니다. 그깟 오징어를 잃어버렸다고 실망하다니 아주 한심하고 부끄럽지만, 저는 그걸 새언니에게 주려고 했거든. 우리 새언니는 금년 여름에 아기를 낳아요. 배 속에 아기가 생기면 배가 많이 고프대요. 배속 아기 몫까지 2인분을 먹어야 하니까요. 새언니는 저와 달리 몸가짐이 단정하고 기품이 있어서 지금까지는 '카나리아의 식사'처럼 조금만 먹고, 간식 따위 한번도 먹은 적이 없는데, 요즘엔 배가 자꾸 고파서 부끄럽다고 해요. 요새 갑자기 이상한 음식이 당긴다고 해요. 일전에도 저랑 같이 저녁 설거지를 하면서 작은 소리로, 아아, 입안이 아주 쌉쌀해, 오징어 같은 것 좀 씹었으면 좋겠다, 하고 한숨을 쉬는 거예요. 그 모습이 자꾸 아른거려 그날 우연히 나카노에 사는 숙모한테서 오징어 두마리를 받고 이걸 새언니에게 몰래 줘야지, 하고 잔뜩 기대하며 가지고 오다가 그만 잃어버려 잔뜩 풀이 죽었답니다.

아시다시피 저희 집은 오빠와 새언니와 저, 이렇게 셋이 살아요. 그런데 오빠는 조금 별난 소설가로 곧 있으면 마흔이 되는데 전혀 유명하지 않고, 그래서 언제나 궁핍해요. 몸이 아프다며 자리에 누웠다 일어났다만 하는 주제에, 입만 살아가지고 이러쿵저러쿵 우리한테 시끄럽게 잔소리하곤 해요. 그리고 만날 입으로만 말하지 털끝만큼도 집안일을 도와주지 않기 때문에 새언니는 힘이 필요한 남자 일까지 해야 해서 너무나 가여워요. 어느 날 저는 의분이 솟구쳐,

"오빠, 가끔 배낭을 메고 채소라도 사가지고 와요. 다른 집 남편들은 대개 그렇게 하던데."
라고 했습니다. 그랬더니 오빠는 버럭 화를 내더라고요.

"이 바보야! 난 그런 천한 남자가 아니야. 알겠어? 기미코(새언니 이름)도 잘 기억해둬. 우리 일가족이 굶어죽더라도 맹세코 난 한심스러운 장보기 따위는 안할 테니 그리 알아. 이건 내 마지막 자존심이야."

정말 각오는 훌륭하지만, 그럼에도 오빠의 경우는 국가를 생각해서 매점하는 무리를 증오하는 건지, 자신의 게으름 때문에 장보기를 싫어하는 건지 조금 모호한 데가 있습니다. 우리 아버지와 어머니는 도쿄 사람입니다. 하지만 아버지가 도호쿠의 야마가타 관청에서 오래 근무하셔서 오빠랑 저는 야마가타에서 태어났습니다. 아버지가 야마가타에서 돌아가셨을 때 오빠는 스무살쯤 되었고, 전 아직 너무나도 어렸지요. 전 어머니 등에 업힌 채 셋이 다시 도쿄로 돌아왔지요. 작년엔 어머니도 돌아가셔서 지금은 오빠랑 새언니, 나 이렇게 셋이 살고 있어요. 우리에게는 고향이랄 곳이 없어서 다른 집처럼 시골에 먹을 것을 부쳐달라고 할 수도 없어요. 또 오빠가 별난 사람이라 다른 집과 알고 지내는 일이 일절 없기 때문에 뜻밖의 진귀한 물건이 '손에 들어오는' 일 따위도 전혀 없어요. 그러니 아쉬운 대로 고작 오징어 두마리라 하더라도 새언니에게 주면 얼마나 기뻐하겠어요? 이런 생각을 하면 좀 천해 보이지만 오징어 두마리가 아까운 걸

어떡해요. 저는 뒤로 빙그르르 돌아, 지금 온 눈길을 천천히 걸으며 찾아보았습니다. 하지만 찾을 수가 없었죠. 기치조지 역 근처까지 돌아가봤지만 하얀 눈길에서 하얀 신문지 꾸러미를 찾는 일은 굉장히 어려운데다가 눈이 쉼 없이 계속 내려 돌멩이 하나 발견할 수 없었습니다. 한숨을 쉬며 우산을 고쳐 들고 어두운 밤하늘을 올려다보니 눈이 백만 마리 반딧불처럼 어지럽게 엉기며 흩날리고 있었어요. 아, 예쁘다, 하고 생각했어요. 길 양쪽에 즐비하게 늘어선 나무들은 눈을 뒤집어쓰고 무거운 듯 가지를 늘어뜨리면서 가끔 한숨을 쉬는 것처럼 희미하게 몸을 움직였어요. 뭐랄까, 마치 동화 속 세상에 있는 것 같은 기분이 들어 저는 오징어 따위다 잊고 말았어요. 퍼뜩 마음에 묘안이 떠올랐습니다. 이 아름다운 설경을 새언니에게 가져다주자, 오징어 따위보다 얼마나 더 좋은 선물이란 말인가. 먹을 것에 얽매이는 건 추잡스러운 일이야. 정말 부끄러운 일이야.

사람의 눈동자는 풍경을 담을 수 있다고 언젠

가 오빠가 가르쳐주었어요. 잠시 동안 전구를 응시한 다음 눈을 감으면 눈꺼풀 속에 전구가 똑똑히 보일 거야, 그게 바로 증거야. 덴마크에 이런 옛날이야기가 있다며, 그와 관련된 다음과 같은 짧은 로맨스를 저에게 알려주었어요. 오빠 이야기는 언제나 터무니없어서 믿을 수 없지만 이 이야기만은 설령 오빠가 지어낸 허구의 이야기라 하더라도 참 멋지다고 생각했어요.

옛날 덴마크의 한 의사가 난파된 배에서 건진 젊은 어부의 시체를 해부했는데, 눈동자를 현미경으로 조사해보니 그 망막에 단란하고 아름다운 일가의 광경이 어려 있는 것을 발견했어요. 친구인 소설가에게 그 이야기를 해주었더니 소설가는 당장 그 신기한 현상을 다음과 같이 부연 설명했대요. 그 젊은 어부는 난파당하고서 성난 파도에 휩쓸려 해안에 내던져졌지. 그런데 죽을힘을 다해 매달린 곳이 등대의 창가였어. 아주 기뻤지. 살려달라고 외치려 창문을 들여다보는데, 등대지기 일가가 검소하면서도 단란한 저녁식사를 이제 막 시작하려고 하는 거야. 아아, 안돼. 내가 지금 "사람 살려!" 하고 무서운 소리를 내면 이 일가의 단란함은 엉망진창이 될 거야. 바로 그렇게 생각하는 순간 창가에 매달린 손가락 끝의 힘이 쭉 빠지며 쏴아 하고 큰 파도가 와서 어부를 바다로 데려가버렸다네. 틀림없어. 이 어부는 세상에서 가장 상냥하고 고귀한 사람이었을 걸세. 이렇게 해석을 해주니 의사도 친구의 말에 수긍하고 둘이서 어부의 시체를 정성껏 매장했다고 하는 이야기예요.

저는 이 이야기를 믿고 싶어요. 설령 과학적으로 있을 수 없는 이야기라고 하더라도 전 믿고 싶어요. 저는 그 눈 내리던 날 밤에 이 이야기가 문득 떠올라 제 눈 속에 아름다운 설경을 찍어 담아서 집으로 돌아가,

"새언니, 제 눈 속을 들여다보세요. 배 속의 아기가 예뻐질 거예요"라는 말을 하고 싶었어요. 요전에 새언니가 오빠에게,

"아름다운 사람 모습이 그려진 그림을 제 방 벽에 붙여줘요. 매일 그 그림을 보게요. 예쁜 아기를

낳고 싶으니까요." 하고 웃으며 부탁하니 오빠는 진지하게 고개를 끄덕이며,

"음, 태교하려고? 그거 중요하지."

하고 마고지로라는 요염한 노멘能面[1] 사진과 유키노코모테라는 애처로운 노멘 사진 두 장을 나란히 벽에 붙여준 것까진 아주 좋았는데, 그 두 장의 노멘 사진 사이에 찌푸린 얼굴을 한 오빠 사진을 딱 붙여놓아서 아무 소용이 없게 되었답니다.

"제발 부탁이니 저기 당신 사진은 좀 떼어줘요. 그걸 보면 속이 막 울렁거려요." 온순한 새언니도 도저히 참을 수 없었던 거죠. 빌다시피 부탁해서 어쨌든 사진은 떼었지만, 오빠 사진을 계속 바라보면 도요토미 히데요시 같은 원숭이 얼굴을 한 아기가 태어날 게 틀림없어요. 그렇게 괴상한 얼굴을 지닌 오빠는 자기 자신을 괜찮은 미남자라고 생각하는 걸까요? 나 참, 기가 막혀서. 새언니는 지금 배 속의 아기를 위해 이 세상에서 가장 아름다

---

[1] 일본의 대표적인 가면 음악극인 노가쿠(能樂)에서 쓰는 탈.

운 것만 보고 싶을 거야. 오늘 이 설경을 내 눈 속에 담아서 보여주면 분명 새언니는 오징어 같은 선물보다 몇배, 몇십배 더 기뻐하겠지.

저는 오징어를 단념하고 집으로 돌아오는 도중 가능한 한 주위의 아름다운 설경을 잔뜩 바라보았어요. 눈동자뿐만 아니라 가슴속까지 순백의 아름다운 경치를 간직해 집에 도착하자마자,

"새언니, 제 눈을 보세요. 제 눈 속에 무척이나 아름다운 경치가 한가득 보일 거예요"라고 했습니다.

"네? 무슨 일이에요?" 새언니는 웃으며 일어나 제 어깨에 손을 얹고 물었습니다. "도대체 눈이 어쨌는데요?"

"언젠가 오빠가 가르쳐줬잖아요. 사람의 눈 속에는 방금 본 경치가 사라지지 않고 남아 있다고요."

"오빠의 이야기 따윈 잊었어요. 대부분 거짓말인걸요."

"하지만 그 이야기만은 정말이에요. 전 그것만은 믿고 싶어요. 그러니 제 눈을 좀 들여다보세요. 전

지금 무척이나 아름다운 설경을 아주 많이 보고 왔으니까요. 자, 제 눈을 보세요. 틀림없이 눈처럼 새하얗고 고운 피부를 가진 아기가 태어날 거예요."

새언니는 슬픈 듯한 표정을 짓고 가만히 제 얼굴을 바라보았습니다.

"이봐."

그때 옆쪽의 세평짜리 다다미방에서 오빠가 나왔습니다. "슌코(내 이름)의 그런 시시한 눈을 보느니 내 눈을 보는 게 백배는 더 효과가 있을 거야."

"왜요? 왜?"

때려주고 싶을 정도로 오빠가 미웠습니다.

"새언니는 오빠 눈을 보면 속이 메슥거린다고 그랬어."

"그렇지도 않을걸. 내 눈은 이십년 동안 아름다운 설경을 본 눈이거든. 난 스무살까지 야마가타에서 살았어. 슌코 넌 철들기 전에 도쿄로 와서 야마가타의 멋진 설경을 몰라. 그러니 이런 하찮은 도쿄의 설경을 보고 요란을 떠는 거지. 내 눈은 이보다 더 멋진 설경을 백배 천배 지겨우리만치 잔뜩 봐와서 뭐라고 해도 슌코 네 눈보다는 훌륭하지."

저는 분해서 울어버릴까 하고 생각했습니다. 그때 새언니가 저를 도와주었지요. 새언니는 미소를 지으며 조용히 말했어요.

"하지만 오빠 눈은 깨끗한 경치를 백배 천배 본 대신 더러운 것도 백배 천배 더 본 눈인걸요."

"맞아요, 맞아. 플러스보다 마이너스가 훨씬 많아요. 그러니 그렇게 누르스레하게 탁한 거야. 쌤통이다."

"건방진 소리 하지 마."

오빠는 팩 토라져 옆쪽의 세평짜리 다다미방으로 들어갔습니다.

다자이 오사무 太宰治

화폐 貨幣

외국어에는 명사에 각각 남녀의 성별이 있다.
그리하여 화폐를 여성명사로 한다.

저는 77851호 백엔짜리 지폐입니다. 당신의 지갑 속에 있는 백엔 지폐를 잠깐 살펴봐주세요. 어쩌면 제가 그 속에 들어 있을지도 모르니까요. 저는 지칠 대로 지쳐서 지금 제가 누구의 주머니 속에 들어 있는지, 아니면 휴지통 속에 처박혀 있는지 도무지 가늠할 수 없게 돼버렸어요. 근래에는 현대식 지폐가 나와서 저희 구식 지폐는 모두 불태워질 거라는 소문도 들립니다만, 이렇게 살았는지 죽었는지도 모르는 기분으로 지내기보다는, 차라리 불태워져 승천했으면 좋겠어요. 다 타버리고 난

후 천국으로 갈지 지옥으로 갈지 그건 하느님께 달려 있겠지요. 어쩌면 저는 지옥으로 떨어질지도 모르겠네요.

태어났을 때에는 지금처럼 꼬락서니가 초라하지 않았어요. 나중에 이백엔 지폐니, 천엔 지폐니, 저보다도 존중받는 지폐가 많이 나왔지만, 제가 태어났을 무렵엔 백엔 지폐가 돈 중에서는 여왕이었죠. 제가 도쿄에 있는 큰 은행 창구에서 처음으로 어떤 사람의 손에 건네졌을 때, 그 사람의 손은 조금 떨고 있었어요. 어머, 정말이에요. 그 사람은 젊은 목수였어요. 그는 작업복 허리 주머니 속에 저를 접지 않고 그대로 살며시 넣고는, 배가 아픈 것처럼 왼손을 작업복에 가볍게 대더군요. 그러고는 길을 걸을 때에도, 전차를 탈 때에도, 결국 은행에서 집에 도착할 때까지 그대로 주머니를 왼쪽 손바닥으로 가만히 누르고 있었어요. 그리고 집에 도착하자 그는 저를 가미다나[1]에 올려놓고 기도하

---

[1] 가정이나 사무실 등에서 신토(神道)의 신을 모시기 위해 만든 선반 모양의 감실.

더군요. 제 인생의 출발은 이렇게 행복했어요. 저는 그 목수님 댁에 언제까지나 있고 싶었어요. 그러나 저는 그 집에 하룻밤밖에는 있을 수가 없었어요. 그날 밤 목수님은 기분이 매우 좋아 저녁 반주를 드시고, 젊고 자그마한 체구의 부인을 향해, "날 바보 취급하면 안돼. 나도 사내구실은 하니까"라고 으스대며 가끔 일어나 저를 가미다나에서 내려다가 두 손으로 받들어 모시는 듯한 모양으로 공손히 절해 젊은 부인을 웃겼지요. 그러는 동안 부부간에 싸움이 벌어져 결국 저는 네겹으로 접혀 부인의 작은 지갑 속으로 들어가고 말았습니다. 그러고는 이튿날 아침, 부인에게 이끌려 전당포로 갔습니다. 부인은 옷 열벌과 저를 맞바꾸었고, 저는 전당포의 차고 습한 금고 속으로 들어가게 되었습니다. 이상하게 뼛속까지 추위가 스며들어 배가 아프고 괴로웠는데, 그러다가 저는 또다시 바깥으로 나와 햇빛을 보게 되었습니다. 이번엔 의대생이 가지고 온 현미경 하나와 교환되었고, 그를 따라 제법 먼 곳까지 여행을 했습니다. 그리고 결국 세토 내해의 작은 섬에 있는 어느 여관에서 저는 그 의대생으로부터 버림을 받았습니다. 그뒤 한달 가까이 저는 그 여관의 계산대 서랍 속에 놓여 있었는데, 그 의대생은 저를 버리고 여관을 나선 후 곧바로 세토 내해에 몸을 던져 죽었다는 여종업원들 사이에 떠도는 소문을 언뜻 들었습니다. "혼자 죽다니 바보 같아. 저렇게 잘생긴 남자라면 난 언제라도 함께 죽어줄 수 있는데" 하면서 뚱뚱하게 살찐 마흔쯤 되어 보이는 부스럼투성이 여종업원이 모두를 웃겼습니다. 그후 저는 오년간 시코쿠, 규슈를 떠돌며 눈에 띄게 확 늙고 말았습니다. 그리하여 점점 함부로 취급받아 육년 만에 도쿄로 되돌아왔을 때쯤에 저는 너무나 변해버린 외모 때문에 어느덧 자기혐오에 빠지게 되었어요. 도쿄에 돌아와서부터 저는 그저 암거래상 사이를 여기저기 뛰어다니며 심부름하는 여자가 되고 만걸요. 오륙년 도쿄를 떠나 있는 동안 저도 변했지만, 정말 도쿄의 변한 모습이란! 밤 8시경, 술에 취한 브로커에게 이끌려 도쿄 역에서 니혼바시, 그리고 교바시로 가서 긴자를 걷다 신바시까지, 그동안 그저 캄캄해서 깊은 숲속을 거닐고 있는 듯했고, 사람 하나 다니지 않는 건 물론이거니와 길 건너는 고양이 한마리 보이지 않았어요. 끔찍한 죽음의 거리 같은 불길한 형상을 보이고 있었죠. 그로부터 곧바로 그 탕탕, 쉬익쉭 하는 소리가 시작되었어요. 연일 밤낮의 대혼란 속에서 저 역시 쉴 새 없이 이 사람 손에서 저 사람 손으로, 마치 이어달리기 선수들의 바통처럼 눈이 팽팽 돌 정도로 돌아다녔어요. 그 때문에 이처럼 쭈글쭈글한 모습이 되었을 뿐만 아니라 온갖 고약한 악취가 몸에 배게 되었답니다. 이미 부끄러워 될 대로 되라는 심정이 되고 말았어요. 그 무렵에는 이미 일본도 될 대로 되라는 시기였습니다. 제가 어떤 이의 손에서 어떤 이의 손으로, 무슨 목적으로, 그리고 얼마나 잔혹한 대화 속에 건네졌는지, 그건 이미 여러분도 충분히 아실 거고, 듣고 보는 것 다 질렸을 테니 자세히 말씀드리지는 않겠습니다. 그런데 제가 보기에 짐승처럼 변한 건 군벌이라 일컬어지는 집단들만이 아닌 것 같았어요. 그

것은 비단 일본 사람들에게만 국한된 일이 아니라 인간성 일반의 큰 문제라고 생각합니다. 그러나 오늘 밤 죽을지도 모르는 상황이 되면 물욕도 색욕도 깡그리 잊어버리게 되는 게 아닐까 싶기도 하지만, 뭐 꼭 그런 것만은 아닌 듯, 인간은 목숨이 막다른 골목에 들어서면 서로 웃지 못하고, 탐욕스럽게 서로 잡아먹는 것 같습니다. 이 세상에 단 한 사람이라도 불행한 사람이 있는 한, 자기 자신은 행복해질 수 없다고 생각하는 것이야말로 참된 인간다운 감정일 텐데, 자기나 자기 가정만 잠깐 동안의 안락을 누리겠다고 이웃을 욕하고, 속이고, 밀어 넘어뜨리고(아니, 당신도 한번쯤은 그런 일을 저질렀어요. 무의식적으로 해놓고, 스스로 그 사실을 모른다는 건 참으로 가공할 만한 일이에요. 부끄러운 줄 아세요. 인간이라면 부끄러운 줄 아시라고요. 수치를 느낀다는 건 인간에게만 있는 감정이니까요), 정말 지옥의 망령들이 서로 맞잡고 싸우는 듯한 우스꽝스럽고 비참한 모습을 보게 되었어요. 그러나 저는 이처럼 여기저기 뛰어다니며 심부

름하는 천박한 밑바닥 생활 속에서도 한두번 정도는, 아아, 태어나길 잘했다는 생각을 해본 적이 없는 건 아니에요. 지금은 이렇게 지칠 대로 지쳐서 저 자신이 어디에 있는지조차 짐작할 수 없을 정도로 망령이 난 것 같은 형국이지만, 그래도 지금까지 잊지 못하는 아련하게 즐거운 추억도 있어요. 그중 하나는 도쿄에서 기차로 서너시간 걸리는 한 소도시 암거래상 할머니에게 이끌려갔을 때의 일인데, 지금 그 이야기를 잠시 해드릴게요. 저는 지금껏 이 암거래상에서 저 암거래상으로 온갖 곳을 떠돌아다녔지만, 아무래도 여자 암거래상이 남자 암거래상보다 저를 두배나 더 효율적으로 사용하는 것 같았어요. 여자의 욕심이라는 건 남자보다 더 철저하면서 비열하고 지독한 데가 있는 것 같아요. 저를 그 소도시로 데리고 간 할머니도 보통 인물은 아닌 듯, 한 남자에게 맥주 한병을 건네고 그 대신에 저를 받았지요. 그리고 이번엔 그 소도시에 포도주를 사러 왔어요. 보통 암시장 시세는 포도주 한되에 50엔인가 60엔쯤 하는 것 같은데 할머니는 상대에게 다가가 소곤소곤 오랜 시간 끈덕지게 붙어 가끔 망측하게 웃기도 하면서 결국 저 한장으로 녁되를 손에 넣고는 무겁다는 표정도 짓지 않고 짊어지고 돌아갔어요. 즉 이 암거래상 할머니는 수완 하나로 맥주 한병이 포도주 녁되, 물을 조금 섞어서 맥주병에 새로 채워넣으면 스무병 가까이나 되겠지요. 아무튼 여자의 욕심은 정도를 넘었지요. 그래도 그 할머니는 조금도 기뻐하는 표정을 짓지 않고, 정말이지 형편없는 세상이 되었군, 하며 아주 진지하게 푸념하고는 돌아갔어요. 저는 포도주 암거래상의 큰 지갑 속으로 들어가 깜빡 졸았는데 금세 또 끄집어내졌지요. 이번에는 마흔에 가까운 육군 대위 손에 넘겨졌어요. 이 대위 또한 암거래상과 한패인 것 같았습니다. '호마레'라는 군인 전용 담배를 100개비(라고 그 대위는 말했다는데, 나중에 포도주 암거래상이 세어보니 86개비밖에 없어서, 그 포도주 암거래상은 못된 사기꾼 녀석! 하며 아주 분개했습니다), 아무튼 100개비가 들어 있다는 종이봉지와 맞바꾸어진 저는 그 대위의 바지 주머니 속으로 아무렇게나 쑤셔넣어져, 그날 밤 동네 변두리에 있는 지저분한 요릿집 이층까지 함께 가게 되었지요. 대위는 술고래였어요. 포도주를 증류하여 만든 브랜디라는 진귀한 음료를 홀짝홀짝 마시는데, 술버릇이 안 좋은 듯, 술 시중을 드는 여인한테 집요하게 욕을 퍼부어댔어요.

"자네 얼굴은 아무리 봐도 여시로밖엔 보이질 않아. (여우를 여시라고 발음합니다. 어디 사투리일까요.) 잘 기억해두랑게. 여시 낯짝은 입이 뾰족하고 수염이 있어. 그 수염은 오른쪽이 세가닥, 왼쪽이 네가닥이야. 여시 방귀는 도저히 참을 수가 없어. 그 일대에 누런 연기가 뭉게뭉게 피어오르지. 개가 그걸 맡으면 빙글빙글 돌다가 픽 쓰러져. 아니, 거짓말이 아니야. 자네 얼굴은 누렇군. 이상하게 누리끼리해. 스스로 자기 방귀에 누렇게 물든 게 틀림없어. 아이고, 썩은 내야! 그러고 보니, 자네, 또 뀌었구먼? 아니, 분명 뀌었어. 자네, 이건 너무 실례 아닌가. 감히 제국 군인의 코앞에서 방귀를 뀌다니, 몰상식하기 짝이 없군. 나, 이래봬도 신경이 예민하다고. 코앞에서 여시가 방귀를 뀌어대니 도저히 태평하게 있을 수가 없군." 이따위의 천박한 말만, 딴엔 짐짓 진지하게 떠들어대다가 아래층에서 갓난아기의 울음소리가 들려오자 재빨리 알아채고는, "시끄러운 아귀餓鬼로군. 흥이 깨지네. 난 신경이 예민하다고. 무시하지 마. 저건 자네 새끼인가? 그것 참 묘하군. 여시 새끼도 사람 새끼처럼 울다니, 놀라운걸? 그런데 자네 너무 괘씸한 거 아니야? 애를 안고 이런 장사를 하다니 뻔뻔하구먼. 너같이 주제 파악도 못하는 야비한 여자들만 있어서 일본이 고전하는 거라고. 넌 멍텅구리 바보니까 일본이 이길 거라고 생각하겠지. 이 바보 멍청이야. 애당초 이 전쟁은 말이 안되는 거였어. 여시와 개란 말이야. 빙글빙글 돌다가 픽 쓰러지는 녀석들이 이길 리가 있나. 그래서 나는 매일 밤 이렇게 술을 마시고 여자를 사는 거야. 뭐 잘못됐나?"

"나빠요" 하며 술 시중을 들던 여인이 창백한 얼굴로 말했습니다.

"여우가 뭐 어쨌다는 거예요? 싫으면 안 오면

될 거 아니에요. 지금 일본에서 이렇게 술 퍼마시고 여자한테 까부는 건 당신들뿐이에요. 당신 월급이 어디서 나오는지 생각해봐요. 우리들이 번 돈은 대부분 나라에 바쳐지고 있어요. 정부가 그 돈을 당신들한테 줘서, 이렇게 요릿집에서 마시고 있는 거예요. 여자라고 무시하지 마세요. 우린 아이도 낳을 수 있다고요. 지금 갓난아기를 데리고 있는 여자가 얼마나 괴롭고 힘든지 당신들이 알 리 없죠. 우리 젖에서는 더이상 젖이 한방울도 안 나와요. 텅 빈 젖가슴을 홀짝거리며 빠는데, 아니, 이제는 더이상 빨 힘조차 없는 모양이에요. 아, 그래요, 여우 자식이에요. 턱이 툭 튀어나왔고, 주름투성이 얼굴로 온종일 찔찔 울고 있죠. 보여줄까요? 그래도 우린 참고 있어요. 이기길 바라며 견디고 있단 말이에요. 그걸 당신들이 알기나 해요?" 이런 말을 하는데, 공습경보가 울리더니 거의 동시에 폭발음이 들렸습니다. 탕탕, 쉬익쉭 소리가 시작되고 방의 장지문이 새빨갛게 물들었습니다.

"아이고, 왔군. 결국 오셨구면" 하고 대위가 소

화폐   **125**

리치며 일어섰지만, 브랜디에 너무 취했는지 휘청
거리면서 비틀비틀했습니다.

술 시중을 들던 여인은 새처럼 재빨리 계단 아
래로 내려가서는 이내 갓난아기를 업고 이층으로
올라와,

"자, 빨리 도망가요. 앗, 위험해. 정신 차려요. 못
난 등신이라도 나라를 생각하면 소중한 병정 나부
랭이지"라며 마치 뼈가 없는 사람처럼 흐느적거리
는 대위를 뒤에서 안아일으켜 걷게 해 아래층으로
데려다준 다음 신발을 신기고는, 대위 손을 잡고
서 인근 신사 경내까지 도망갔습니다. 대위는 거기
서도 또 대大자로 벌렁 드러눕더니 하늘에서 들려
오는 폭격 소리를 향해 뭐라고 한참 고래고래 욕을
해댔습니다. 여기저기서 불똥이 비 오듯 쏟아졌습
니다. 신사도 불타기 시작했습니다.

"제발 부탁이에요. 군인 아저씨. 조금 더 저쪽으
로 도망가요. 여기서 개죽음 당해본들 소용도 없어
요. 도망갈 수 있는 데까지는 도망가야 해요."

인간의 직업 중에서 가장 밑바닥 장사라는 말

을 듣는, 이 검푸른 말라깽이 아낙이 제 어두운 일생에서 가장 존경스럽고 빛나 보였습니다. 아아, 욕망이여, 가라. 허영이여, 가라. 일본은 이 두가지 때문에 패배했다. 술 따르던 여인은 아무런 욕심도 없이, 그리고 허영도 없이, 그저 눈앞에 취해 쓰러진 손님을 구하려고 혼신의 힘을 다해 대위를 일으켜세운 뒤, 옆에서 부축해 비틀거리면서 밭 쪽으로 피했어요. 도망친 직후 그 신사 경내는 불바다가 되어버렸답니다.

보리 수확이 막 끝난 밭으로 만취한 대위를 끌어와 조금 높은 둑 그늘에 누이고서는, 술 따르던 여인 자신도 그 곁에 털썩 주저앉아 거친 숨을 내쉬었습니다. 대위는 이미 드르렁드르렁 코를 골고 있었습니다.

그날 밤 그 작은 도시는 구석구석까지 전소됐습니다. 동이 틀 무렵, 대위는 잠이 깨어 일어나 여전히 타고 있는 대화재 참사를 멍하니 바라보다가 문득 자기 곁에서 꾸벅꾸벅 졸고 있는, 술 시중을 들던 그 여인을 알아보았지요. 그는 왠지 많이 당황한 기색으로 일어나더니 도망치듯 대여섯걸음을 걸어가다가 다시 되돌아와, 윗옷 안주머니에서 제 친구인 백엔 지폐를 다섯장 꺼내고 바지 주머니에서 저를 꺼낸 뒤 여섯장을 포개어 반으로 접어서 갓난아기 속옷 안의 살갗 닿는 등 쪽에 푹 쑤셔넣고는 황망히 도망갔어요. 제가 행복을 느낀 것은 바로 이때입니다. 화폐가 이렇게 쓰인다면 정말이지 우린 얼마나 행복할까 싶었습니다. 갓난아기의 등은 꺼칠하니 메마르고 야위어 있었죠. 그래도 나는 동료 지폐에게 말했습니다.

"그 어디에도 이렇게 좋은 덴 없어. 우린 정말 행복해. 언제까지나 여기 있으면서 이 갓난아기의 등을 따뜻하게 해주고 살찌워주고 싶어."

친구들은 모두 똑같이 잠자코 고개를 끄덕였습니다.